新潮文庫

マクベス

シェイクスピア
福田恆存訳

新潮社版

目次

マクベス

場所　スコットランド、およびイングランド

人物

ダンカン　スコットランド王
マルコム
ドヌルベイン　その息《そく》
マクベス　武将、のちにスコットランド王
バンクォー　武将
マクダフ
レノクス
ロス
メンティース
アンガス
ケイスネス　スコットランドの貴族
フリーアンス　バンクォーの息
シュアード　ノーサンバランド伯、イングランド軍の武将
小シュアード　その息
シートン　マクベスの鎧《よろい》もち

少年　マクダフの息
隊長
門番
老人
イングランド王の侍医
スコットランド王の侍医
三人の刺客
マクベス夫人
マクダフ夫人
マクベス夫人の侍女
魔女
ヘカティー
幻影
他《ほか》に貴族、将兵、侍者、使者など

〔第一幕 第一場〕

〔I-1〕1

1

場所の指定なし

雷、稲妻。

三人の魔女が現われる。

第一の魔女 いつにしよう、また三人いっしょになるのは、雷、稲妻、土砂降《どしゃぶ》りに誘われて?

第二の魔女 騒ぎが終って、戦いが敗《ま》けて勝って、そのあとで。

第三の魔女 それなら、日暮れまえに片附《かたづ》こう。

第一の魔女 所は、どこだ?

第二の魔女 荒れ地がいい。

第三の魔女 そうだ、そうしてマクベスに会う。

第一の魔女 すぐ行く、老いぼれ猫《ねこ》め!

第二の魔女 ひき蛙《がえる》が呼んでいる。

第三の魔女　あいよ！

三人　きれいは穢《きた》ない、穢ないはきれい。さあ、飛んで行こう、霧のなか、汚《よご》れた空をかいくぐり。（霧のなかに消える）

2　〔第一幕 第二場〕

王軍の陣営

トランペットの吹奏。ダンカン王が登場、王子マルコム、ドヌルベイン、貴族レノクス、および侍者たち、それにつづく。他方から、傷を負った隊長が出て来る。

ダンカン　あの血みどろの男は何者だ？　あの様子なら、叛乱軍《はんらんぐん》の動静もよく知っていよう、新しい情報がきけるかもしれぬ。

マルコム　あの兵です、先頃《さきごろ》も、あっぱれ獅子《しし》奮迅《ふんじん》の働き、おかげで、捕虜になるところを危うく救われました……おお、よかったな、元気で！　戦場の模様、ありのまま、王にお伝えしてくれ。

隊長　勝敗はいずれとも申しあげかねます、水中、泳ぎ疲れて、力の尽き果てた者同士が、たがいに相手にからみつき、手足の自由を失《うしの》うて、もがき苦しむさまにも似て……あの残忍無法のマクドンウォルド、あれこそ根《ねっ》からの謀反人《むほんにん》、重ね重ねの邪智《じゃち》、悪行《あくぎょう》、それを証《あか》して余りありますが、なんと、奴《やつ》めは、生れ故郷の西の島々から狩集めた歩兵、騎兵の大軍を、つぎつぎに繰出《くりい》だし、ために運命の女神《めがみ》も、一時は不義悪徳に秋波《しゅうは》を送り、逆賊の囲い者になりさがりしかと見えました、が、それもこれも、所詮《しょせん》は力たりませぬ、こちらは名にし負う勇猛果敢なマクベス殿、運命などには目もくれず、べっとり血糊《ちのり》のついた太刀《たち》ひらめかし、武勇の申し子さながら、敵陣深く切り進むや、たちまち、かの賊将の面前に立ちはだかり、なんの身ぶりも挨拶《あいさつ》もなく、無雑作に真向《まっこう》から唐竹《からたけ》わり、すぐさま首を、身方の胸壁にさらしものにされました。

ダンカン　おお、身内ながら勇ましい！　見上げた男だ！

隊長　ところが、日がさし昇るあたりに、舟を覆《くつがえ》すあらしや恐ろしい雷鳴が起るとか、まずは安心と身方の幸《さち》を汲《く》まんとした泉から、思わぬ非運が湧《わ》きあがったのでございます、お聴きくださいまし！　こちらは正義のいくさ、加うるに武勇、さすが逃げ足はやき敵の雑兵《ぞうひょう》めらも浮足たちしと見えたそのとき、機を見すましたノールウェイ王の不意打ち、新手《あらて》の兵が研《と》ぎすました刃《やいば》をふりかざし、なだれをうって、わが方に。

ダンカン　身方の両将、マクベス、バンクォー、それに怯《ひる》みはしなかったか？

隊長　は、あるいは。雀《すずめ》、兎《うさぎ》の類に襲われた鷲《わし》や獅子ほどにとでも申しあげましょうか。正直のところ、お二人とも、二重に火薬を仕込まれた大砲よろしく、倍の力をもって敵に打ちかかられました、そのすさまじさ、いったいどういうおつもりやら、血の海に浴《ゆあ》みでもなさろうとてか、それともゴルゴタの丘をふたたびこの世に喚《よ》び起そうとなさってか、が、もう力も尽きはてました、傷が痛んでなりませぬ。

ダンカン　その申しよう、その傷、いかにも人柄《ひとがら》に似つかわしい、武人の名に恥じぬ。誰《だれ》か、この男のために医者を。（その指図《さしず》で侍者たちが隊長を介抱する）誰だ、あれは？

貴族のロスとアンガス登場。

マルコム　ロスの領主です。

レノクス　あの目《ま》なざし、ひどくあわただしげに見えますが！　この様子では、何か変事の知らせにまいったかと思われます。

ロス　王のうえに神の御守護を！

ダンカン　どこから来たのだ？

ロス　ファイフからでございます、ノールウェイ軍の旗風が大空を掻《か》き乱し、身方の心胆を寒からしめる戦場から脱《ぬ》け出してまいりました。ノールウェイ王みずから大軍の先頭に立ち、憎むべき不忠の裏切者コーダの領主の援《たす》けをたのみに、激烈な攻撃を開始いたしましたが、それもしばし、時いたるや、わがマクベス殿には、ベローナの花婿《はなむこ》、軍神マルスさながら、無敵の鎧《よろい》に身を固め、敗けず劣らずの勢をもって、敵の大軍に相対し、至るところに剣の打ちあい、組んずほぐれつの激戦ののち、みごと敵の暴威を食いとめられ、とどのつまりは、身方の大勝。

ダンカン　嬉《うれ》しいぞ！

ロス　して、ノールウェイ王スウィーノも、ついに和を求めてまいる始末、当方、もちろん、たやすく応じますものか、即座に聖コルム島にて一万ドルの献納を命じ、それがすむまでは、敵方の屍《しかばね》、固く埋葬を禁じておきました。

ダンカン　コーダの領主も捨てておけぬ、いつまで騙《だま》されていようぞ、ただちに処刑するよう伝えてくれ、位はそのままマクベスに贈り、その労苦をねぎらうように。

ロス　かならず仰《おお》せどおりに。

ダンカン　奴の失ったものを、心の正しいマクベスが手に入れたのだ。（一同退場）

〔第一幕 第三場〕

3

荒れ地

雷鳴。三人の魔女が現われる。

第一の魔女　お前、どこへ行っていた？

第二の魔女　豚を殺しにさ。

第三の魔女　お前さんは？

第一の魔女　ある船頭のかかあに遭ってな、そいつ、前掛けのなかに栗《くり》を一杯いれて、ひっきりなしに口をもぐもぐさせていやがったので、「わしにもくれ」そう言ってやった。ところが、その肥《ふと》っちょの下司女《げすおんな》め、こうぬかしやがった、「うせやがれ、魔法使いめ！」だと。ふん、あいつの亭主《ていしゅ》はタイガー号の親玉で、いまアレッポに行っていやがる。まあいい、篩《ふるい》に乗って一飛びお見まい申しあげるさ、尻尾《しっぽ》なしの鼠《ねずみ》に化けて、やっつけてくれる、ええい、やっつけずにおくものか、やっつけずに。

3〔I－3〕

第二の魔女　わしが風を貸してやるぞ。
第一の魔女　恩に着るよ。
第三の魔女　わしも一吹きな。
第一の魔女　あとはみんな、わしの手にある、どこの港には、何の風、要所要所の風向きは先刻御存じ、船乗りの地図にちゃんと出ている。逆に一風くわせりゃ、奴は沖に立往生、ええい、きっと、乾草《ほしぐさ》同様、からからにしてやるわ。夜もなければ昼もない、日蓋《まぶた》の庇《ひさし》に突っかい棒、どうして一睡もさせるこっちゃない、息はあろうが、呪《のろ》いに憑《つ》かれて心はもぬけの殻《から》さ、そのまま七日七夜の九九《くく》八十一倍、五体は縮み衰え、ふらふら、くらくら。船まで沈める力はないが、あらしのお見まい、まぬかれまいぞ。おい、見な、いいものがある。
第二の魔女　見せておくれな、早く。
第一の魔女　それ、水先案内の親指さ、くにへ帰る途中で難破して死にやがった奴のな。（奥で太鼓の音）
第三の魔女　どどん、どどん！　それ、マクベスが来るぞ。

三人輪舞、だんだん早くなる。

三人　（歌う）運命あやつる　姉妹三人
　手に手を取って　海でも陸でも
　思いのままに　ぐるりぐるりと
　お前が三たび　こっちも三たび
　も一度三たびで　しめて九たび
しっ！　これでまじないはすんだ。（三人、突然、立ちどまる。霧がその姿を蔽《おお》い隠す）

マクベスとバンクォー登場。

マクベス　こんないやな、めでたい日もない。
バンクォー　フォレスまでは、まだどのくらいあるのかな？（霧が徐々に薄れる）何だあれは、ひねこびた姿形、気違いじみたなりふり、どう見ても、この世のものとは思われぬ、が、確かに大地の上に？　おい、生きているのか？　人の言葉が通じるのか？　どうやら、解《わか》るらしいな、そうしてひびわれた指を、めいめい皺《しわ》だらけの脣《くちびる》にあてているのを見ると。うむ、女らしいな、それにしても、そのひげ、女とも言いかねるが。

マクベス　口をきけ、出来るものなら。いったい何者だ、貴様たちは？

第一の魔女　よう戻《もど》られた、マクベス殿！　お祝い申しあげますぞ、グラミスの領主様！

第二の魔女　よう戻られた、マクベス殿！　お祝い申しあげますぞ、コーダの領主様！

第三の魔女　よう戻られた、マクベス殿！　いずれは王ともなられるお方！

バンクォー　どうしたのだ、なぜ驚く、これほどよい預言に、そのさまは？　おい、答えろ、貴様たちは、ただの幻か、それとも見ゆるとおりのものか？　見ろ、友達は、いま、貴様らに現在の身分で呼びかけられ、そのうえ、思いがけぬ栄進と未来の王位まで約束されて、すっかり呆然《ぼうぜん》としている。わしには、何も言わぬな。もし貴様たちに、時の苗床《なえどこ》を見とおし、芽をだす種と朽ちる種との見わけがつくなら、さあ、言ってみろ、ねだりも恐れもしない男だ、ひいきにしようと憎もうと、勝手にするがよい。

第一の魔女　よう戻られた！

第二の魔女　よう戻られた！

第三の魔女　よう戻られた！

第一の魔女　マクベス殿よりは小さくて、ずっと大きなおひとだ。

第二の魔女　それほどの運も無いが、ずっと好運なおひとだぞ。
第三の魔女　子孫が王になる、自分がならんでもな。さ、よう戻られた、マクベス殿にバンクォー殿！
第一の魔女　バンクォー殿、マクベス殿、よう戻られた！（霧が濃くなる）
マクベス　待て、曖昧《あいまい》なことを言う奴らだ、もっとはっきり言え。父のサイネルが死んでからは、なるほどグラミスの領主に違いない、だが、コーダとは？　コーダの領主はまだ元気でいる、勢いも盛んだ、まして王になるなどと、ますます信じられぬことだ。言え、そんな不可解な話をどこから仕入れてきた、ところもあろうに、こんな荒れ地に我らを待受け、預言めいた祝辞を浴びせかけるとは、いったいどういう訳があるのだ。言え、さあ、答えろ。（魔女消えうせる）
バンクォー　大地にも泡《あわ》があると見える、あいつらがそれだ、どこへ行ってしまったのか？
マクベス　大気のなかに消えうせた。形あるものと見えたが、息が風に溶けるように消えてなくなった。逃《のが》したくなかったが！
バンクォー　そうは言うものの、あれは確かにいたものなのか？　それとも、おたがいに、理性をとりこにするという気違い草の根でも食《く》らったか？

マクベス　子孫が王になると言われたな。

バンクォー　御身《おんみ》は王になるとな。

マクベス　コーダの領主にも、そうではなかったか？

バンクォー　まさにそのとおり。誰だろう、あれは？

ロスとアンガスが登場。

ロス　御戦勝のお知らせ、王には至極御満悦でしたぞ、マクベス殿。ことに叛徒を相手の一戦に、みずから陣頭に立って示された見事な武者ぶり、そのくだりをお読みのさいには、驚きと讃歎《さんたん》と、どちらを先にすべきか、しばしお迷いの御様子。が、そのまま何もおっしゃらず、当日その後の戦況にお目をとおされた、それによれば、御身は手ごわいノールウェイ兵どもにとりかこまれ、当るをさいわい、屍《しかばね》の山を築きながら、その不気味な様相にいささかも恐れをいだく気色もなかったとのこと。その後も、ひっきりなしの注進が、つぎつぎに国土の守護者、御身への讃辞をば、雨に霰《あられ》と王の御前《ごぜん》に降り注いでございますぞ。

アンガス　王からのおねぎらいのお言葉、とりあえずそれをお伝えするのがわれらの務め、御身を御前へお迎え申しあげるだけのこと、御褒賞《ごほうしょう》はいずれ後ほど。

ロス　ただ、その大いなる名誉に先立ち、ひとまず御約束の印までに、御身をコーダの領主とお呼びするよう、ことづかってまいった。改めて、その呼び名で、お祝い申しあげる、コーダの領主殿、すでにそれは御身のものゆえ。

バンクォー　なんだと、魔性のものが真実を語るのか？

マクベス　コーダの領主はまだ存命している、どうしてそんな借着を着せようとなさるのだ？

アンガス　なるほど、かつての領主は生きている、が、重いお咎《とが》めを受け、やがては消えて果つべき命。じじつノールウェイ軍と行動をともにしたのか、蔭《かげ》ながらひそかに叛徒を援《たす》けたのか、あるいは、そのいずれも本当で、自国の破滅を計ったのか、真相はよく知らぬ、とにかく大逆の一部始終、自白もあり、証拠もあがり、処刑は逃れられぬところと決った。

マクベス　（傍白）グラミス、そのうえにコーダの領主、まだ、いちばん大きいのが残っている――（声高に）いや、わざわざ恐縮だった――（バンクォーに）子孫が王になる、それもまんざら嘘《うそ》とも言えまい？　おれをコーダの領主にしてくれた奴らが、そう約束したのだからな。

バンクォー　そんなことを本気にすると、コーダの領主どころか、王冠にまで手を出したくなるぞ。が、不思議だな、そういえば、よくあること、人を破滅の道に誘いこもうとして、地獄の手先どもが、ときには真実を語る、つまらぬことで御利益《ごりやく》を見せておいて、いちばん大事なところで打っちゃりを食わすという手だ。そう、お二人に、ちょっと話がある。（そう言われて、ロスとアンガスはバンクォーに近づく）

マクベス（傍白）二つはあたった、王位を賭《か》けた壮大な芝居には、もってこいの幕開きだ。（声高に）お二人とも、御苦労だった。（傍白）このえたいの知れぬいざないの声、善とも悪とも言えぬ。もし悪なら、成功を約束するような真実で始まるはずはあるまい？　現に、おれはコーダの領主になった。が、もし善なら、そんなあさましい誘惑に、なぜ膝《ひざ》を屈するのだ、思っただけでも恐ろしい、身の毛がよだつ、心臓の激しい鼓動に胸が張裂けそうだ、平生こわいものなしのこのおれにも似あわぬ。いや、目に見える危険など、心に描く恐ろしさにくらべれば、高が知れている、人を殺す、それもまだやっと芽ばえたばかりの、あだな望みにすぎぬというのに、それだけで、このやわな造作はぐらつき、心の働きが鈍り、ありもせぬものしか目に見えぬ。

バンクォー　あれを、マクベスは呆然としている。

マクベス（傍白）運で王になれるものなら、手をくださなくても、向うから舞いこまぬでもあるまい。

バンクォー　新しく与えられた栄誉は、着なれぬ衣同様、しばらくは身につかぬものだ。
マクベス（傍白）どうともなれ、どんな大あらしの日でも、時間はたつ。
バンクォー　マクベス、よかったら出かけよう。
マクベス　すまなかった、忘れていたことを想《おも》い出そうとして、ついぼんやりしていた。お二人の心づくし、かならず心の手帳に書きとどめ、日々眺《なが》め暮したいものと思っている……さあ、王の御前へ。（バンクォーに）きょうのこと、よく考えておいてくれ、いずれ落ちついたら、十分吟味のうえ、おたがいに胸襟《きょうきん》を開いて語りあおう。
バンクォー　よかろう。
マクベス　それまでは、ま、よい……さ、お先に。（二人、先だって入る）

〔第一幕　第四場〕

4

フォレス、宮中の一室
トランペットの吹奏。ダンカン王、マルコム、ドヌルベイン、レノクス、侍者たち。

ダンカン　コーダの処刑はすんだか？　使いの者たちは、まだ戻って来ぬのか？

マルコム　まだ戻りませぬ。しかし、コーダの死を見とどけた者から、直接ききましたところ、己《おの》が罪を率直に認め、王のお許しを乞《こ》い、深く悔いていたとか、その死にざま、生涯《しょうがい》を通じて、もっとも立派なふるまいだったとのこと、死に際しての一々の所作、かねてより期せるもののごとく、代えがたかるべき命を、あたかも取るにたらぬ藁《わら》しべ同然、むぞうさに捨去ったと申します。

ダンカン　顔つきから人の心を読みとるすべはない、心から信頼していたのだが。

マクベス、バンクォー、ロス、アンガスがはいって来る。

ダンカン　おお、マクベスか！　御身にたいする忘恩の罪、今も気にしていたところだ。矢つぎ早のいさおし、いかに速い恩賞の翼も追いつきかねる。もすこし手控えてくれたら、感謝の言葉も行賞も、なんとか手に負えぬこともなかったが！　どう言ったらよいのか、たとえ山ほど褒美を積んでも、到底、御身の取り分にはおよばぬ、そうとでも言うよりほかはない。

マクベス　忠勤は臣下の本分、それを果す喜びがそのまま何よりの御褒賞。われらの忠節は、ただお納めくだされればよろしく、忠節とは申すものの、つまりは子として王室に仕え、下僕《げぼく》として国家のお役に立ちたいだけのこと、何事によらず、御恩顧を賜わり、身の面目をほどこさんがため、なすべきことをなしているのにすぎませぬ。

ダンカン　さあ、寛《くつろ》いでくれ、とにかく御身のために植えつけだけはすませておいた、このうえは、いやがうえにも生《お》い繁《しげ》るよう、せいぜい力を貸そう。それに、バンクォー、御身の手柄《てがら》もけっしてマクベスにひけはとらぬ、誰もそれを認めずにはおられまい、さ、抱かせてくれ、この胸にしっかりと。

バンクォー　この蔦《つた》かずら、見事に繁りましたなら、穫《と》りいれはお心のままに。

ダンカン　この溢《あふ》れる喜び、居どころが無《の》うて、それ、こうして、悲しみの滴《しずく》のなかに身を隠したがる……おお、子供たち、身内の者も、領主たちも、そのほか身近な人々に知っておいてもらいたい、このさい、長男のマルコムを世嗣《よつ》ぎと定め、今後はカンバランド公と呼ぶことにしよう、その栄誉はただにこの子のものではない、すべていさおしあるものの頭上に、きら星のごとく輝かしめよう……では、すぐにもインヴァネスへ、また、何かと世話をかけようが。

マクベス　お役にたたぬ休息は、かえって苦痛の種、早速、先触れ役を承り、お成りを妻に伝えて喜ばせましょう、では、これにておいとまを。

ダンカン　すまぬ、コーダ！

マクベス　（傍白）カンバランド公か！　この一段、踏みすべらして尻《しり》もちつくか、それとも、うまく跳び越すか、とにかく、おれの行く手に立ちはだかっている。ええい、星も光を消せ！　この胸底の黒ずんだ野望を照らしてくれるな、眼《め》は、手のなすところを、見て見ぬふりをするのだ、どっちにしろ、やってしまえば、眼は恐れて、ろくに見ることも出来はしまい。（去る）

ダンカン　よく言った、バンクォー、あの男こそ恐れを知らぬ真の勇者だ、その讃辞はいくら聴いても聴きあきぬ、この身には、それにまさる馳走《ちそう》はない。さ、あとを追おう、歓迎の手くばりをと、せいて先に行った、身内ながら頼もしい男だ。（トランペットの吹奏。一同退場）

〔第一幕　第五場〕

5

インヴァネス、マクベスの居城の前
マクベス夫人、手紙を読みながら登場。

夫人　（読む）「凱旋《がいせん》当日のことだ、その後解ったが、奴《やつ》らが人智《じんち》のおよばぬことを知

〔I－5〕5

っているというのは、どうも本当らしい。さすがにじっとしておられず、さらに問いただそうと思ったが、その瞬間、奴らは気化するように消えてしまった。こちらは半信半疑、呆然と突立っているところへ、王からの使者だ、いきなり『コーダの領主』と祝いの言葉を浴びせかけてきたではないか、それこそ、例の怪しげな女たちの呼びかけそのまま、いや、そればかりではない、奴らは未来のことまで仄《ほの》めかすのだ、『いずれは王ともなられるお方！』と。これだけは、ぜひとも知らせておきたかったのだ、ともに栄光を分つべき掛けがえのないお前のこと、妃《きさき》を約束されながら、その喜びを味わう機会を遅らせるのも心なき話だ。とにかく含んでおいてもらいたい、いずれ、後刻」。現にグラミスの領主、そしてまたコーダ、それならさらに約束どおりの御身分にならぬでもありますまい、ただ心配なのは、その御気質、事を手っとり早く運ぶには、人情という甘い乳がありすぎる、なるほど大望はおもちでしょう、野心も無いではない、でも、それを操る邪《よこしま》な心に欠けておいでだ、とてもほしがっていながら、どこまでもきれいごとでおすませになりたがる、ごまかしはいやだとおっしゃりながら、なんとしてでも勝ちたいという、解っております、グラミス殿、あなたのお心は、「ほしいなら、こうせねばならぬ」そう呼びかけてくるものに目を奪われ、どうしてもそれがほしいとおっしゃるのだ、そうして、手をくだすのは恐ろしいが、といって、このまま引退《ひきさが》れもせぬ、どうしてもそれだけはやってのけたいとおっしゃるのだ。さあ、早く、ここへ、その耳に注ぎこんであげたい、私の魂を。この舌の力で追いはらってやる、運命が、魔性の力が、あなたの頭上にかぶせようとしている黄金の冠の邪魔になるものは何であろうと。

侍者登場。

夫人　何か用が？

侍者　王様が今宵《こよい》こちらへお成りとのことでございます。

夫人　何を言いだすやら！　マクベス殿も御一緒のはずではないか？　それなら、あらかじめ準備せよとのお知らせがありそうなもの。

侍者　失礼ながら、本当でございます、殿もすぐこちらへ、ただいま同役の者が、お先触れに駆けつけましてございますが、吐く息も苦しく、ようやくお使いの趣だけを。

夫人　いたわってやり、大事な使者です。（侍者退場）烏《からす》の声もしわがれる、運命に見入られたダンカンが私の城に乗りこんで来るのを告げようとして……さあ、血みどろのたくらみごとに手を貸す悪霊《あくりょう》たち、私を女でなくしておくれ、頭の天辺《てっぺん》から爪《つま》先《さき》まで、恐ろしい残忍な心でいっぱいにしておくれ！　この血をこごらせ、優しい情けの通《かよ》い路《じ》をふさいでおくれ、押寄せる悔いの重荷に、この酷《むご》たらしい心がぐらつき、弱々しく潰《つい》え去ったりしないように！　さあ、人殺しの手先ども、このふくよかな女の胸に忍びこみ、甘い乳を苦《にが》い胆汁《たんじゅう》に変えてしまっておくれ、今も今、その見えぬ姿で、どこか悪事のかげをうろつきまわっているお前たち、何をぐずぐずしているのだ！　さあ、暗黒の夜、早く、ここへ、どすぐろい地獄の煙に身を包んで！　私の鋭い匕首《あいくち》に、己れの造る傷口を見せないように、天が闇《やみ》のとばり越しに「待て！」と叫んだりしないように！

マクベス登場。

夫人　ああ、グラミスの殿様！　コーダの殿様！　いいえ、その二つより、もっともっとお偉いお方、未来を祝福する預言がそう言っている！　お手紙を読んでからというもの、何も知らぬ現在を跳び越え、身も心も未来のただなかに漂う思いが。

マクベス　王が、今夜ここへ。

夫人　で、いつお立ちに？

マクベス　あす、その予定でおいでだ。

夫人　そのあすに日の目を見せてはなりませぬ！　おお、そのお顔、まるで不思議なことが書いてある本のよう。世間を騙《だま》すには、世間とおなじ顔色をなさらねば。目にも、手にも、舌にも、歓迎のお気もちを表わして。無心の花と見せかけ、そのかげには蛇《へび》とか。さ、ともかくお客様のおもてなしを。今夜の大仕事は、どうぞお任せになって。今後、私たちの長い日々の暮しに、無上の権力が訪れるかどうか、すべてがそれにかかっているものを。

マクベス　いずれ、あとで相談しよう。

夫人　でも、面《おもて》を明るくおあげになって。気難かしい顔をしておいでだと、心に恐れありと思われます。あとのことは、みんな、この私に。（二人とも退場）

〔第一幕　第六場〕

6

前場に同じ

オーボエの音とともに、ダンカン王、マルコム、ドヌルベイン、バンクォー、レノクス、マクダフ、ロス、アンガス、侍者たち登場。

ダンカン　よいところにあるな、この城は。吹き過ぎる風が、いかにも爽《さわ》やかに甘く、

〔I－6〕6

ものうい官能をなぶってゆく。

バンクォー　それ、あそこに夏の客、寺院にすまう岩燕《いわつばめ》が、せっせと巣づくりに精をだしております、それが何よりの証拠、このあたりは格別、大気の匂《にお》いに心がうずくらしゅうございます。この鳥は、軒先、なげし下、控え壁、その他どこでも、ところ嫌《きら》わず、都合のよい隅々《すみずみ》を見つけては、吊床《つりどこ》を造り、雛鳥《ひなどり》の揺籠《ゆりかご》をしつらえるとか。この連中が好んで巣をつくる場所は、かならず空気がやわらかいような気がいたします。

マクベス夫人登場。

ダンカン　おお、それ！　奥方が見えた！　あまり大事にされるのも、ときにはかえって迷惑だが、大事にされてみれば、嬉《うれ》しいのが人情というもの。こうして押しかけられては、ずいぶんうるさく思うだろうが、そこは、やはり、この身の幸《さち》を祈りそえ、迷惑も時にとってはありがたいと言ってもらいたい。

夫人　王室への御奉公、その一つ一つを二倍にいたしましても、さらにそれを二倍にしてお尽ししましたところで、王様が日ごろ当家にお恵みくださる大きな栄光にくらべれば、ものの数ではございませぬ。以前のことはもちろん、かてて加えて、このたびの栄誉、いつになったら御恩報じが出来ますやら。

ダンカン コーダの領主はどこにいる？ すぐあとを追い、逆にこちらが設営の役をと思ったが、なにしろ相手は馬術の名人、それに持ちまえの忠誠に拍車をかけられ、ついにここまで及ばなかった。ともあれ、今夜は宿を頼む。

夫人 いいえ、わが身はもちろん、召使も、家屋敷も、とどのつまりは、貸し賜わったもの、いつでもお手もとにお返し申しあげるのが、臣下の務めと存じます。

ダンカン さ、手を。御主人のところへ御案内いただこう。あれこそ掛けがえのない人物と思うている、この気もちは、いつまでも変るまい。さ、どうぞ、手を。（夫人の手を取って奥へ入る）

〔第一幕 第七場〕

7

マクベス居城の中庭

野天。左右に二つの戸口。左側、即《すなわ》ち南寄りの戸口が城外に通じる出入口。右側の戸口は奥の部屋に通じている。その二つの戸の間、高二重《たかにじゅう》の下に垂幕《たれまく》のさがった凹所《おうしょ》があり、その突きあたりが第三の戸口になっている。そこを開けると、上の部屋にのぼる階段が見える。側面の壁にベンチとテーブル。

オーボエの音。炬火《たいまつ》。召使頭が数人の召使を連れて右側の戸口から登場、中庭を通って、食器類を運び去る。一同が出て来るとき、奥から宴会の騒ぎがきこえてくる。

やがて、おなじ戸口からマクベスが登場。

マクベス　やってしまって、それで事が済むものなら、早くやってしまったほうがよい。暗殺の一網で万事が片附《かたづ》き、引きあげた手もとに大きな宝が残るなら、この一撃がすべてで、それだけで終りになるものなら……あの世のことは頼まぬ、ただ時の浅瀬のこちら側で、それですべてが済むものなら、先ゆきのことなど、誰が構っておれるものか。だが、こういうことは、かならず現世で裁きが来る――誰にでもよい、血なまぐさい悪事を唆《そそのか》してみろ、因果は逆にめぐって、元兇《げんきょう》を倒すのだ。この公平無私の裁きの手は、毒酒の杯を、きっとそれを盛った奴の脣《くちびる》に押しつけて来る。王が今ここにいるのは二重の信頼からだ。まず、おれは身内で臣下だ、いずれにしろ、そんなことはやりっこない、それに、今夜は主人役、逆意をいだいて近よる者を防ぐ役目、それがみずから匕首《あいくち》をふりかざすなど、もってのほかだ。そればかりか、ダンカンは、生れながらの穏和な君徳の持主、王として、一点、非の打ちどころがない、うっかり手をくだそうものなら、その平素の徳が、天使のように大声で非道の罪を読みあげよう、そして憐《あわれ》みという奴が、生れたての赤子の姿を借り、疾風にのって駆けまわる、天童たちも眼に見えぬ大気の早馬に打ちまたがって御出馬だ、それが世人の眼に無慚《むざん》な悪行《あくぎょう》を吹きつける、そうなれば、涙の雨で風も凪《な》ごう。それに逆らってまで、意中の馬にあてる拍車は一つもない、ただ野心だけが跳びはねたがる、跳びのったはよいが、鞍《くら》ごしに向う側に落ちるのが関の山か——

マクベス夫人登場

マクベス どうした、何かあったのか？

夫人 お食事はもうすぐおすみです、なぜ中途でお立ちなさいました？

マクベス 捜しておいでだったか？

夫人 それを御存じなくて？

マクベス もう、やめにしよう、王は栄進を計ってくれたのだ、おかげで、上下《しょうか》の気受けもよい、せっかく手に入れた新しい金襴《きんらん》の美服、むざと脱ぎすてるにはおよぶまい。

夫人 では、今まで身につけていらした望みは、ただ酒のうえのこととでも？ そのあとで一眠りして、いま目がさめてみると、さっきは平然と見据《みす》えられたものが、今度はちらと垣間《かいま》見ただけで、ぞっとして気が沈むとおっしゃる？　解《わか》りました、私への愛情もそんな頼りのないものなのでしょう。考えていらっしゃる御自分と、思いきった行動をなさる御自分と、その二つが一緒になるのを恐れておいでなのですね？　ひそかにこの世の宝とお思いになり、それがほしくてたまらぬ方が、われから御自分を臆病者《おくびょうもの》と思いなし、魚は食いたい、脚は濡《ぬ》らしたくないの猫《ねこ》そっくり、「やってのけるぞ」の口の下から「やっぱり、だめだ」の腰くだけ、そうして一生をだらだらとお過しになるおつもり？

マクベス　お願いだ、黙っていてくれ、男にふさわしいことなら、何でもやってのけよう、それも度がすぎれば、もう男ではない、人間ではない。

夫人　それなら、このたくらみをお打明けになったときは、どんな獣に唆《そそのか》されたとおっしゃいます？　大胆に打明けられた方こそ、真の男、それ以上のことをやってのければ、ますます男らしゅうおなりのはず。あのときは、時と所が脚なみそろっていなかった、それをなんとか御自分で整えようとまでなさった、だのに、その二つが自然に向うから整ってきた今、かえって尻《しり》ごみなさろうという。私は子供に乳を飲ませたことがある、自分の乳を吸われるいとおしさは知っています――でも、その気になれば、笑みかけてくるその子の柔らかい歯ぐきから乳首《ちくび》を引ったくり、脳みそを抉《えぐ》りだしても見せましょう、さっきのあなたのように、一旦《いったん》こうと誓ったからには。

マクベス　もしやりそこなったら？

夫人　やりそこなう？　勇気をしぼりだすのです、やりそこなうものですか。王が眠ったら、ええ、どうせ今夜は旅の疲れで、ぐっすり寝こんでしまうでしょう、二人のお附きは大丈夫、葡萄酒《ぶどうしゅ》をどんどん勧めて酔いつぶしてやる、脳髄の番人、記憶の正体は朦朧《もうろう》となり、理性の器も蒸溜器《じょうりゅうき》同然、挙句《あげく》の果てには、べろべろに酔って豚のように眠りこけてしまう、そうなれば、護衛のないダンカン、二人でどうにでも出来ましょう？　大逆の罪も、そのやくざ頭のお附きになすりつけてやったらよい、どうしてそれが出来ないと？

マクベス　男の子ばかり生むがよい！　その恐れを知らぬ気性では、男しか生めまい。それなら、酔いつぶれた二人に血を塗り附けておく、短剣も奴らのを使う、そうすれば、人の目にも、そいつらの仕業《しわざ》と見えぬでもあるまい？

夫人　誰《だれ》がそれを疑います？　こちらは王の死を歎《なげ》き、大声に騒ぎたてているのに？

マクベス　よし、腹を決めた、体内の力をふりしぼって、この恐ろしい仕事に立向うぞ。さ、奥へ、そしらぬふりで、あたりを欺《あざむ》くのだ、偽りの心のたくらみは、偽りの

顔で隠すしかない。（二人とも奥の部屋に退場）

〔第二幕第一場〕

8

前場に同じ

一、二時間後。正面からバンクォーが出て来る。フリーアンスが炬火《たいまつ》を持って導く。戸を開けはなしたまま、前に出て来る。

バンクォー　もう何時になるだろう？

フリーアンス　（空を見あげて）月は落ちました、時計には気がつきませんでしたが。

バンクォー　たしか、月の入りは十二時だったな。

フリーアンス　もっと遅くは。

バンクォー　待て、この剣を持ってくれ……天も倹約するとみえる、燭台《しょくだい》の星がみんな消えてしまった……（短剣のついている帯をはずす）これも持ってくれぬか。睡魔が鉛のように重くのしかかってくる、が、眠りたくはない。夢のうちに跳梁《ちょうりょう》するこの邪《よこしま》な想《おも》い、慈悲ぶかい天使の手で、追払ってもらえぬものか！（何かにびくりとする）剣をよこせ。

右の戸口からマクベスが出て来る。召使が炬火をもっている。

バンクォー　誰だ、そこにいるのは？
マクベス　身方だ。
バンクォー　なんだ、まだ寝なかったのか？　王はもうおやすみになったぞ。大層なお喜びようだ、召使衆には数々の賜わり物があった。このダイアモンドは奥方へ、そのお心づくしの御礼までにとの仰《おお》せだ、ことのほか御満悦のていでお引きあげになったぞ。
マクベス　なにぶん不意のことなので、思うにまかせず、手落ちだらけ、さもなければ、もすこしおもてなし出来たろうが。
バンクォー　何もかも結構だった。ところで、ゆうべは夢を見た、例の三人の怪しげな女たち。とにかく当ったな。
マクベス　忘れていた。だが、一時間でも暇ができたら、そのことについて、ちょっと相談したい、都合をつけてもらえれば、ありがたいのだが。
バンクォー　うむ、いつでもよい。

マクベス　話にのってくれれば、いずれ時が来しだい、それだけの報いはあろうというものだ。

バンクォー　うむ、それを望んで、今の地位を失いさえしなければな、心にやましさを感ぜず、臣下の道にはずれぬことなら、いつでも相談に与《あずか》ろう。

マクベス　ま、ゆっくり休んでくれ！

バンクォー　ありがとう、そちらもな！（バンクォーとフリーアンスは自分たちの部屋に退く）

マクベス　奥へ行って、寝酒の用意が出来たら、鐘を鳴らすように伝えてくれ。すんだら、もう寝るがよい。（召使退場。一人テーブルにつく。その上に短剣が見える）短剣ではないか、そこに見えるのは、手にとれと言わんばかりに？　よし、摑《つか》んでやる、摑めない、目には見えるのだが。忌《いま》わしい幻め、見えても、手には触《さわ》れぬのか？　熱に犯された頭が造りあげた幻覚にすぎぬというのか？　いや、まだ見える、（自分の短剣を帯から抜く）それ、抜くぞ、同じではないか、まざまざと、手にとるように。そうか、貴様はおれを手引きしようと言うのだな、おれが行こうとしていたところへ、正に貴様なのだ、おれが使おうと思っていたやつは！（呆然《ぼうぜん》と立ちあがる）目だけがどうかしてしまったのか、それとも、目だけが確かなのか。まだ、見えるな、刃や柄《つか》に生き血がこびりついている、さっきは見えなかったが。（われに返り）いや、そんなものがあるはずはない、胸にひそむ血なまぐさいたくらみごとが、この目をたぶらかすのだ……いま、地上の半ばでは、自然は死んだように眠っている、その帳《とばり》につつまれた眠りを、邪な夢がたぶらかす。魔女たちは青ざめたヘカティーに供物《くもつ》をそなえる。そして、痩《や》せさらぼうた人殺し役が、見張りの狼《おおかみ》に起されて、こうして抜き足さし足、ルクレースを手ごめにしたタークィンよろしく、獲物《えもの》に向って、もののけのように忍びよる。不動の大地、この足がどこへ向おうと、その音に耳を貸すなよ、足もとの小石も、おれの行くえを語りさざめくな、この場にふさわしい恐怖の静けさを破らせてはならぬ。だが、こうして脅《おど》し文句を並べているかぎり、相手はびくともせぬ。言葉というやつは、実行の熱をさますだけだ。（奥で鐘が鳴る）さ、行け、それで、終りだ。鐘がおれを呼んでいる。聴くのではないぞ、ダンカン、あれこそ、貴様を迎える鐘の音、天国へか、それとも地獄へか。（開いている正面の戸口から忍び入る。一段一段、階段をのぼってゆく。間）

〔Ⅱ－1〕8

〔第二幕 第二場〕

9

マクベス夫人が右手の戸口から登場。手にコップを持っている。

前場に同じ

夫人　二人を酔わせた酒が、私を強くした。それで二人は静かになったが、私の心は火と燃える。（間）お聴き！　黙って。あれは梟《ふくろう》、不吉な夜番、鋭い声で、陰にこもった夜の挨拶《あいさつ》。そうだ、今、あのひとが。戸は開けてある。二人の護衛は酒に飲まれて高いびき、己れの任務を笑いとばして。あの寝酒には薬が。今ごろは、二人のなかで、死と生とがもみあって、たがいに鎬《しのぎ》を削っていよう。

マクベス　（奥で）誰だ、そこにいるのは？　やい、動くな！

夫人　どうしよう！　目を醒《さま》したのでは。やりそこなったのかもしれない。手をくだして、仕遂げなかったら、それこそ身の破滅。お聴き！　あいつたちの短剣は、あそこに出しておいた、見つからぬはずはない。あのときの寝顔が死んだ父に似てさえいなかったら、自分でやってしまったのだけれど。（ふりむいて階段の方へ行こうとし、戸口に姿を現わしたマクベスを見る。両手に血がついている。二本の短剣を左手にひとつかみにして、よろめくように出て来る）あなた！
マクベス　（声を低めて）やってしまった……音がしなかったか？
夫人　梟の鳴く声が、それから蟋蟀《こおろぎ》の音と。何か声をおだしになったのでは？
マクベス　いつ？
夫人　今しがた。
マクベス　降りて来るときにか？
夫人　ええ。
マクベス　あれを！　（二人、じっと聴き耳をたてる）次の間に寝ているのは誰だ？
夫人　ドヌルベインです。
マクベス　この、情けないざま。（右手をさしだす）
夫人　たわいのないことをおっしゃる、情けないなどと。
マクベス　一人が眠りながら笑いだす、も一人が「人殺し！」と叫ぶ、それで、両方とも目を醒した。じっと立って様子を窺《うかが》っていると、いきなり祈禱《きとう》をはじめ、たがいに何か言いあい、すぐまた横になって眠ってしまった。
夫人　隣りに二人の王子が寝ていたはず。

て。

マクベス　「神のお慈悲を！」一人がそう言うと、もう一人が「アーメン」と言う、この首斬《くびき》り役人の手が見えたのだ。「神のお慈悲を！」その恐怖の叫びを耳にしながら、おれは、どうしても「アーメン」と言えなかった。

夫人　そんなことを、なぜ、いつまでも？

マクベス　でも、どうしておれは、その一語が口に出せなかったのだ？　神の慈悲を必要としているのは、このおれではないか、それなのに、言葉が咽喉《のど》にひっかかって。

夫人　こうなったら、考えてはいけません、気違いになってしまいます。

マクベス　どこかで声がしたようだった、「もう眠りはないぞ！　マクベスが眠りを殺してしまった」と――あの穢《けが》れのない眠り、もつれた煩《わずら》いの細糸をしっかり撚《よ》りなおしてくれる眠り、その日その日の生の寂滅《じゃくめつ》、辛《つら》い仕事のあとの浴《ゆあ》み、傷ついた心の霊薬、自然が供する第二の生命、どんなこの世の酒盛りも、かほどの滋養を供しはしまいに――

夫人　どうなさったのです？

マクベス　「もう眠りはないぞ！」その声が城の中にこだましていた、「グラミスが眠りを殺してしまった、おかげでコーダはもう眠れない、マクベスはもう眠れないぞ！」

夫人　誰がそんなことを？　さっきから、たわいのないことばかり、せっかくふるい立たせた勇気を御自分で突きくずすようなもの。さ、早くその手から罪のしるしを洗いおとして。どうしてその短剣を持っていらしたのです？　あの部屋においておかなければなりません、返していらっしゃい、そして、あの二人の護衛に血を塗りつけてくるのです。

マクベス　もう行くのはいやだ。自分のやったことを、考えただけで、ぞっとする、それをもう一度見るなどと、とても出来ない。

夫人　腑甲斐《ふがい》のない！　短剣をおよこしなさい。眠っている人間や死人は人形同然。子供ででもなければ、誰が絵に描《か》いた悪魔をこわがるものですか。血を流していたら、その血で護衛の顔を化粧してやる、どうしても二人の仕業と見せかけなければ。（上の部屋へあがって行く。外から門を叩《たた》く音が聞えてくる）

マクベス　あの戸を叩く音は、どこだ？　どうしたというのだ、音のするたびに、びくびくしている？　何ということだ、この手は？　ああ！　今にも自分の眼玉《めだま》をくりぬきそうな！　大海の水を傾けても、この血をきれいに洗い流せはしまい？　ええ、だめだ、のたうつ波も、この手をひたせば、紅《くれない》一色、緑の大海原《おおうなばら》もたちまち朱《あけ》と染まろう。

マクベス夫人が戻《もど》って来る。戸を閉めて近よる。

夫人　私の手も、おなじ色に、でも、心臓の色は青ざめてはいない、あなたのように。(戸を叩く音)南の戸を叩いている。戻りましょう、部屋へ。ちょっと水をかければ、きれいに消えてしまう、何もかも。訳もないこと！　勇気をどこかへ置き忘れておいでらしい。(戸を叩く音)そら！　また、叩いている。さ、夜着をお召しになって、誰かに起されても、ずっと寝ずにいたと感づかれないように。そんな、何かに心を奪われているような様子は禁物、元気をお出しになって。

マクベス　自分のやったことを憶《おも》い出すくらいなら、何も知らずに心を奪われていたほうがましだ。(戸を叩く音)ああ、その音でダンカンをたたき起してくれ！　頼む、そうしてくれ、出来るものなら！　(二人退場)

〔第二幕　第三場〕

10

前場に同じ

門を叩く音、ますます激しくなる。門番が中庭に出て来る。酔っている。

門番　えらく叩くじゃないか！　これが地獄の門番なら、しょっちゅう鍵《かぎ》をがちゃりがちゃりで、年中ひまなし。(音) とん、とん、とん、か！　やい、誰だ？　こちとら、地獄の大将ビェルジバブが身方だぞ。うん、手前は、豊年で作物の値下りを苦にして首縊《くく》った百姓だな。よく来た、お天気のたいこもち。手拭《てぬぐ》いをうんとこさ用意しな、ここは地獄だ、しこたま汗をかかせてやるぞ。(音) とん、とん、とん、か！　誰だ、貴様は？　こちとらにゃ、いろんな悪魔がついているのだ。ほう、二枚舌のいかさま師かい。両天秤《りょうてんびん》かけやがって、やたらに誓いを立ててさ、神様のためには、嘘《うそ》も方便とかぬかしたっけが、その二枚舌じゃ、やっぱり天国にもぐりこめないってわけか。よう、よく来た、二枚舌のいかさま師。(音) とん、とん、とん、か！　誰だってによ？　そうかい、イギリスの仕立屋さんの御入来かい。さては、フランス式の半ズボンの寸をごまかしやがったな。よく来た、仕立屋さん、火のしをあぶるには、おあつらえむきだぜ、ここは。(音) とん、とん、の、のべつ幕なし！　どこのどいつだ？　そうだ、ここは地獄には寒すぎらあなあ。もう地獄の門番はやめにしようぜ。この消えずの篝火《かがりび》めがけて、花咲く小道を、うつつぬかして歩いて来やがる手合いは、誰でも商売かまわず、二人三人と、かたっぱしから入れてやろうってつもりだっ

たがな。(音)あいよ、あいよ！　頼みますぜ、こちとら門番、お心づけを。(戸を開ける)

マクダフとレノクス登場。

マクダフ　どうしたのだ、ゆうべは、よほど遅く寝たのか、なかなか起きてこなかったな？

門番　図星だ、旦那《だんな》、二番鶏《どり》まで飲んでいやした。酒ってやつは、それ、例の三つのことを、えらく、唆《そその》かしやがるので。

マクダフ　三つとは、何だ？

門番　決ってまさあ、鼻の頭が赤くなる、眠くなる、小便が出たくなる。だがね、あの道となると、さかりもつくが、さがりもする。気ばかり逸《はや》って、ちっとも出来ねえ。だからよ、あの道に酒は二枚舌のいかさま師、つまり、けしかけの、ぶちこわし、唆し、しては、ひきずり倒し、その気にさせて、がっかりさせ、意気ごみだけの、意気地なし、とどのつまりは、ねんねんころりと夢に引きずりこみ、嘘つきのいかさま師のと逆ねじの打っちゃりで、どこかへ姿を消してしまうってわけでさあ。

マクダフ　ゆうべは、どうやらその手でころりとやられたらしいな。

〔II-3〕

門番　そのとおり、みんごと真向《まっこう》からね。けど、こっちだって、押しかえしてやった、思うにだ、その押しがよっぽど強かったと見えて、そりゃ、ときどき足は取られやしたがね、最後にゃ、ぐいっと突きあげて、押しもどしの勝ちでさ。

マクダフ　マクベス殿は、もうお目醒《めざ》めか？

マクベス、夜着を羽織って出て来る。

マクダフ　戸の音で目を醒《さま》されたな、それ、あそこへ。

レノクス　お目醒めですな、マクベス殿。

マクベス　よく来られた。

マクダフ　王もお目醒めですかな？

マクベス　まだと見える。

マクダフ　早く起してくれとのお言いつけ、あやうく遅れるところでした。

マクベス　御案内しよう。（一同、奥の戸に近づく）

マクダフ　このたびのこと、いわば嬉《うれ》しき気苦労とはいえ、やはり、御苦労は御苦労とお察しします。

マクベス　喜んでする労苦は、みずから痛みを癒《いや》す。ここがお部屋だ。

マクダフ　お起ししても構うまい、お言いつけだからな。（戸を開けて中に入る）
レノクス　王は、きょうお立ちか？
マクベス　そのはずだ、そう言っておられた。
レノクス　ゆうべは一晩中、不気味なことばかり続きましたな。われわれの泊った家では、煙突が吹き倒された、噂《うわさ》によると、悲しい声が空を蔽《おお》い、死を告げる苦悶《くもん》の叫びも怪しげに、陰惨な調べが響きわたり、末世《まっせ》に現われる不吉の乱れ、不穏な椿事《ちんじ》を告げ知らせたとか。あの夜の鳥も、夜どおし鳴きつづけていたという。なかには、大地が、あたかも瘧《おこり》にかかったように震えおののいたなどと言いふらす者もある。
マクベス　確かに荒れ気味だったな。
レノクス　もの心づいて、これほどのためしは覚えがない。

マクダフ、慌《あわ》てて戻って来る。

マクダフ　おお、恐ろしいことが！　またとあろうか、これほど恐ろしいことが！　口にも、心にも、思いもよらぬ、言えもせぬ！
マクベス｝
レノクス｝一体、どうしたというのだ？

マクダフ　破壊の手が、ついに無上の宝を！　極悪非道の弑虐《しいぎゃく》、神の宮居《みやい》を毀《こぼ》ちけがし、その命を奪いとったのだ。
マクベス　何を言っているのだ？　命だと？
レノクス　まさか王のことを？
マクダフ　お部屋に行ってみろ、まさにゴルゴンだ、眼がつぶれて石となろう。おれの口から聴こうとするな。その目で見ろ、自分の口に言わせるがいい。（マクベスとレノクス、急いで入る）起きろ！　みんな起きろ！　警鐘を鳴らせ！　弑虐だ、謀反《むほん》だ！　バンクォー、ドヌルベイン！　マルコム！　起きろ！　まどかな夢を払い落せ、そんな死の装いは脱ぎすてて、目《ま》のあたり、はっきりと死を見すえるのだ！　起きてこい、早く、見るがいい、このありさまを、最後の審判そのままだ！　マルコム！　バンクォー！　さあ、早く、墓場から起きあがり、さまよい歩く亡霊さながらに、その方がこの恐ろしい光景に似合うぞ！　（警鐘が鳴る）

マクベス夫人が夜着で現われる。

夫人　何事が？　あの忌《いま》わしい警鐘、城内の人々を静かな眠りから呼びさまし、一堂に集めて、一体どうしようと？　さ、おっしゃって！　おっしゃって、そのわけを！

マクダフ　ああ、とても聞いてはおられますまい、たとえお話しできても。女の方なら聞いただけでも、命を失いましょう。

バンクォーが出て来る。

マクダフ　十分に身づくろいしていない。

マクダフ　おお、バンクォー！　バンクォー！　王が殺されてしまったぞ！

夫人　ああ、何ということが！　それも、この城のなかで！

バンクォー　どこであろうと、残虐きわまる所行だ。おい、マクダフ、間違いだと言ってくれ、そんなことはないと。

マクベスとレノクスが戻って来る。

マクベス　一時間まえに死んでいたら、幸福な一生をすごせたろうに、今を境に、この世に本物はなくなったのだ、何もかも玩具《がんぐ》同然、栄誉も徳も死に絶えた。命の酒が飲み干され、この穴倉に残されたのは、ただ滓《おり》だけか。

マルコムとドヌルベインが右手の戸口から急ぎ出て来る。

ドヌルベイン　どうかしたのか！

マクベス　お身の上が。それを御存じない。御血統の泉が、源が、涸《か》れ果ててしまったのです――流れのもとが止ってしまったのだ。

マクダフ　お父上は暗殺。

マルコム　えっ、下手人《げしゅにん》は誰だ？

レノクス　お附《つ》きの者が、そうとしか思われませぬ。二人とも、顔や手にべっとり血糊《ちのり》の跡、用いた短剣も、そのまま拭《ぬぐ》いもせず、枕《まくら》の上にころがっておりました。両人とも、まったく乱心のてい、じっと宙を見つめて、おろおろするばかり、到底、人の命を預けるにたる者とは思えませぬ。

マクベス　二人を、つい手にかけてしまった。逆上のあまりとはいえ、今となっては、取返しがつかぬ。

マクダフ　なぜ殺したのだ？

マクベス　誰に出来るというのだ、狼狽《ろうばい》のうちに落着き、激して動ぜず、忠節の心を平静の水で薄める、しかもそれを同時に？　出来るものか、誰にも。王にたいする敬愛の念、その逸《はや》る心が、留め役の理性を乗越えてしまったのだ。見ろ、眼の前に、ダンカン王の屍《しかばね》が。その白銀《しろがね》の肌《はだ》を黄金《こがね》の血潮が伝い、抉《えぐ》られた傷口もあらわに、破壊の兇手《きょうしゅ》が無慚《むざん》にも掛矢をふるった跡も歴然。それに、見ろ、かたわらには、罪の色にまみれた下手人と、鍔《つば》もとまで血糊の鞘《さや》をはかせた短剣が。それを見て、誰がじっとしていられるものか、かりにも王を懐《なつ》かしむ心があるなら、いや、それを表わす勇気があるなら？

夫人　（気を失いそうになる）お願い、連れて行って、私を、早く！

マクベス、夫人のそばへ行く。

マクダフ　早く介抱を。

マルコム　（小声で）なぜ黙っている、おたがい、誰よりも一番言い分があるはずでは？

ドヌルベイン　（小声で）ここで何が喋《しゃべ》れるというのだ？　錐《きり》の穴ほどの小さな隙間《すきま》から、運命の神がこっちを窺《うかが》っている、いつ摑《つか》みかかられるか知れたものではない。ひとまず引きあげよう。こちらは、まだ涙どころの騒ぎか。

マルコム　（小声で）こちらの悲しみは、深すぎて、にわかに涙も汲《く》みだせぬ。

侍女がはいって来る。

バンクォー　よろしく頼むぞ……（侍女たち、その言葉で、夫人を連れ去る）さ、みんな裸同然、夜気が身にこたえる、いずれ着がえたうえで、ゆっくり話しあおう、この兇悪無慚の所行、どこまでも取調べずにはおかぬ。今は恐怖と疑惑に、誰も心おちつくまい。自分としては、すべてを大いなる神の御心《みこころ》にゆだね、この反逆の裏に隠れた魔手と一戦まじえるつもりだ。

マクダフ　もとよりだ。

一同　やろう。

マクベス　さあ、一刻も早く身づくろいして、広場に集まってもらおう。

一同　よろしい、そうしよう。（一同退場。マルコムとドヌルベインだけが残る）

マルコム　どうする気だ？　あの連中に附合うわけにはゆくまい。心にもない悲しみを見せる、そんなことは、不信の手合いにとって、易々たる業《わざ》だ。じつはイングランドに逃げようと思っているのだが。

ドヌルベイン　それなら、こちらはアイルランドに。命こそ宝、分けておいたほうが、おたがいに安全というもの。ここでは至るところ、微笑のかげに剣がひらめく。血の近い者ほど、血腥《ちなまぐさ》いことをやりかねない。

マルコム　この流血の矢、やっと弦《つる》を離れたばかりで、まだどこまで飛ぶかわからぬ、

〔Ⅱ－3〕10

その覘《ねら》いをはずすのが、何より肝腎《かんじん》。さ、馬だ、挨拶《あいさつ》など、面倒なことはぬきにして、そっと脱《ぬ》け出そう。こそ泥《どろ》のまねはしたくはないが、せっぱ詰れば、自分の命を盗んで逃げる、それより仕方あるまい。（二人退場）

〔第二幕　第四場〕

11

城の前

ひどく陰気な日。

ロスが老人とともに出て来る。

老人　七十年このかた、何でもよく覚えております、その長い年月のあいだには、恐ろしいときにも遭い、気味の悪いことにも出あいました、それも昨夜の物凄《ものすご》さにくらべると、なんの、ものの数ではございませぬ。

ロス　（空を見あげて）それ、お年寄、あの空を。天も、人の世のしぐさには、さすがに業《ごう》をにやしたか、この血腥い舞台を見おろして、あのように面《おもて》を曇らせている。時計はまだ昼だというのに、暗黒の夜が空の燈《あか》りを遮《さえぎ》ってしまった。夜の力がまさってか、それとも昼が恥じて顔をそむけたのか、こうして闇《やみ》が大地の面を埋《うず》め、生き生きした光の口づけを妨げるとは？

老人　まことに不思議なこと、昨夜の事件といい。この前の火曜日、一羽の鷹《たか》が、空高く舞いあがり、誇らかにその高みを極めたかとおもうと、いきなり横から飛びだした鼠《ねずみ》とりの梟《ふくろう》めにあえなく殺されてしまいましたっけが。

ロス　そういえば、ダンカン王の御乗馬が――不思議なことがあればあるもの――姿もよければ脚も早く、いずれ劣らぬ逸物《いちもつ》中の逸物だったが、急に気が荒くなり、一斉《いっせい》に厩《うまや》を破って跳びだした。どうしておさえがきかばこそ、人間様を相手に一戦おこしかねまじき勢いだったぞ。

老人　馬同士嚙《か》みあいをしたとか。

ロス　そうなのだ、それを目《ま》のあたり見て、自分もさすがに驚いた。

マクダフが城から出て来る。

ロス　おお、マクダフだ。その後の様子は？

マクダフ　（空を指さし）それ、あれが見えぬか？

ロス　あの血みどろ仕事の張本人は、何か目星がつきましたかな？

マクダフ　例の二人だ、マクベスに殺された。
ロス　なんということだ！　いったいどういうつもりで？
マクダフ　いずれ傭《やと》われ仕事さ。王子のマルコムとドヌルベインはひそかに姿をくらましましたぞ、おかげで嫌疑《けんぎ》はもっぱらその二人に。
ロス　またしても、不思議な話を聞く！　それこそ、無考えというもの、われとわが手で、おのが命の綱を食い切るとは！　そうなれば、王位は自然マクベスの手に帰しましょうぞ。
マクダフ　もうその指名もすみ、戴冠式《たいかんしき》のため、スコーンへ立たれた。
ロス　ダンカン王の御遺骸《ごいがい》は？
マクダフ　カム・キルへ運ばれた、御先祖の墓どころ、代々の御遺骨がお納めしてある。
ロス　これからスコーンへ行かれるのか？
マクダフ　いや、ファイフへ行くところだ。
ロス　そうか、こちらはとにかくスコーンへ行ってみることにする。
マクダフ　万事めでたく納まるように祈っている。では、行くぞ！　新しい服の方が古いのより着ごこちが悪いとなったら、ことだ！

ロス　（老人に）ここで失礼しますぞ。
老人　お二人のうえに、神のお恵みがありますよう！　それから、悪をも善とし、敵をも友となされる方々のうえにもな。（みんな散り別れる）

——数週間経過

〔第三幕　第一場〕

12

フォレス、宮中謁見《えっけん》の間
バンクォー一人登場。

バンクォー　とうとう、手にいれたな、王、コーダ、グラミス、みんなあの女たちの預言どおりだ、どうやら、そのためには、ずいぶん手を汚《よご》したらしいぞ、が、それが、貴様の子孫には伝わらず、このおれが代々の王の父とも根ともなるという。あいつらの言うことが本当なら——マクベス、そいつが、貴様には、見事さいわいした、その手でゆけば——そうではないか、この調子だと、おれの御神託もまんざら望み薄でもあるまい？　しっ、もう言うな。

トランペットの吹奏。王のマクベス、妃《きさき》のマクベス夫人が現われる。つづいて、レノクス、ロス、その他の貴族、侍者。

マクベス　ここにいたのか、今宵《こよい》の主客は。

夫人　あの方をお忘れになっては、せっかくの酒宴も興ざめ、何もかも台なしになってしまいます。

マクベス　バンクォー、今夜は正式の酒盛りだ、ぜひ出席してもらいたい。

バンクォー　王はただ御命令あるのみ、それに従いますのが当方の勤めかと存じます。

マクベス　昼からどこかへ出かけるのか？

バンクォー　そのつもりでおります。

マクベス　きょうの会議には、いろいろ意見を述べてもらおうと思っていたのだ、いつもありがたく適切なことを言ってくれるからな、が、それはあすでもよい。きょうは遠方へお出かけか？

バンクォー　これからすぐ出かけて、晩餐《ばんさん》までには戻《もど》ってまいろうと存じております。馬の様子では、あるいは一、二時間、夜に入るかもしれませぬ。

マクベス　とにかく酒宴には出てくれよ。

バンクォー　は、どのようなことがありましょうとも。

マクベス　ところで、わが身内ながら極悪非道の二人の兄弟、それぞれイングランドとアイルランドに身をひそめているとか、しかも、残酷きわまる親殺しの大罪を白状せず、かえって奇怪な流言を言いふらしているらしい、ま、それもあすのことにしよう、そのほかにも、いろいろ力を借りたい緊急事が控えている。さ、さ、急いで出かけるがよい、では、また、夜分、もどったら会おう。フリーアンスも連れて行くのか？

バンクォー　そのつもりです。時間もありませぬので、これで失礼を。

マクベス　馬が好調であってくれるとよいな、では、馬の背に二人を預けるとしようか。待っているぞ。（バンクォー退場）夜の七時までは、めいめい随意にお過し願おう、その方がまたの出会いを楽しくするからな、こちらもそれまで、ひとりでいたい。さあ、ひとまずお別れだ、御機嫌《ごきげん》よう！　（マクベスと侍者一人だけ残る）おい、ちょっと待て。例の奴《やつ》らは待たせてあるか？

侍者　はっ、門の外に待たせてございます。

マクベス　ここへ連れて来い。（侍者、去る）ただこうしているだけ、それでは何もなりはせぬ、何の不安もなしにこうしているのでなければ。恐ろしいのはバンクォーだ、生れながらの気品というやつ、おれにはそれが恐ろしい。あの男は、どんなことでもやりかねぬ。あの不屈の魂、そればかりではない、己れの勇気をたくみに御する分別を兼ねそなえている。奴だけだ、おれの恐れる邪魔者は。おれの守護神も奴の前では手も足も出ない、アントニーの守護神はシーザーの前に尻《しり》ごみしたというが、ちょうどそれと同じだ。最初、あの女たちがおれに王と呼びかけたとき、あいつは、いきなり相手をどなりつけ、自分にも何か言えと命じた、すると、奴らは、いかにも預言者ぶって、子孫が代々王になると祝いの言葉を浴びせかけた、このおれは、頭上には実らぬ王冠、手には不毛の笏《しゃく》、つまりは赤の他人にもぎとられ、一代かぎりで終らせようという魂胆か。そうだとすれば、バンクォーの子孫のために、おれはこの手をよごし、奴らのために、慈悲ぶかいダンカン王を殺したということになる！　おのれの澄んだ心の杯を、燃ゆる憎悪《ぞうお》の毒で濁したのも、もっぱら奴らのためだというのか！　何ものにも代えがたい不滅の宝を人間なべての敵の手に譲り渡してしまったのも、ただ奴らを王に、バンクォーの子孫を王にしてやるためなのか！　その手は食わぬぞ、運命め、さあ、姿を現わせ、おれと勝負しろ、最後の決着をつけてやる！　誰だ？

侍者、二人の刺客を連れて戻って来る。

マクベス　呼ぶまで戸口のところで待っていてくれ。(侍者退場)三人で話合ったのは、たしかきのうだったな?
第一の刺客　は、さようでございます。
マクベス　ところで、例の話だが、どうだ、考えてみたか? とにかく誤解している、お前たちをひどい目にあわせたのはあの男で、この身に罪はない、そのことは、きのうの釈明で十分納得できたはず、どうして一杯くわされたか、どう裏をかかれたか、何奴《どいつ》が手先に使われたか、その他いっさい、一々明らかにして聴かせた以上、どんな足りない男でも、いや、気違いだって、「なるほどバンクォーの仕業か」と言わずにはおられまい。
第一の刺客　たしかに納得いたしました。
マクベス　そのはずだ。それから、まだ先があったな、それがきょうの話の眼目なのだ。お前たちはそれを見すごすほど、忍耐強いたちだとでもいうつもりかな? あの抗《あらが》いがたい手で、お前たちを墓穴へ押しこめ、妻子を路頭に迷わせたやさしい御仁とその子孫のために祈ってやるほど、信心ぶかいお人柄《ひとがら》か?
第一の刺客　かりにも男でございます。
マクベス　かりにもな、せめて人間様で通用しよう、帳面づらはな、それ、犬にもいろいろある、ハウンド、グレーハウンド、モングレル、スパニエル、のら犬、むく犬、ちんころ、デミ・ウルフ、犬といえば、みんな犬だ。が、値段の番附《ばんづけ》では、早いの、遅いの、敏感なの、あるいは番犬むき猟犬むきと、それぞれ豊かな自然に恵まれた天《てん》賦《ぷ》の質の別がある、それあればこそ、一様に書き並べた目録からは窺《うかが》えぬ別扱いの名称を与えられている、人間とておなじことだ。お前たちにしても、人間さまの番附に載っている以上、そのどん尻にようやく顔をだしているだけなら別の話、さもなければ、お前たちに内密の仕事を頼みたいと思っている、それをやりとげさえすれば、お前たちとしてもみごと敵を取除きも出来ようし、王の寵愛《ちょうあい》をかちえもしよう、この身もあの男が生きている以上、半ば病めるも同然、あれが死んではじめて生気を吹きかえせるというものだ。

第二の刺客　こちらも、もともと世間からは踏んだり蹴《け》ったりのひどい目にあわされてまいった人間、これ以上は、もう我慢できませぬ、このうえは、向う見ずに、出来ることならなんでも、世間に仇《あだ》をしてやるつもりでございます。

第一の刺客　こちらとても同様、運命に足蹴《あしげ》にされ、災難つづきで、世のなかにすっかり嫌気《いやけ》がさし、起死回生の妙手さえあれば、それも運だめし、なんでもかんでもやってみる気でございます。

マクベス　二人とも、とにかく、バンクォーが仇《かたき》とわかったな。
二人の刺客　は、たしかに。
マクベス　あの男は、この身にとっても仇なのだ、それもなまやさしい憎しみではない、あの男が生きているかぎり、その一瞬一瞬が、鋭い刃《やいば》となってこちらの急所に突き刺さる、もちろん、あれを公然と視界の外に追いやり、それになんとか名分をつけられぬでもない、が、それをしたらまずいのだ、おたがいに共通の親友というものがある、そういう連中を身方として失いたくない、とすれば、あの男を自分の手で薙倒《なぎたお》しておいて、その死を歎《なげ》いて見せねばならぬ、それゆえにこそ、こうして助力を求めるしだいだ、ほかにもいろいろ理由はあるが、いずれにせよ、世間の目をくらまさねばならぬからな。
第二の刺客　御命令どおり、かならずやりとげて御覧にいれます。
第一の刺客　たとえ命が——
マクベス　性根のほどは、はっきり窺えた。おそくも一時間以内に、待伏せの場所、決行の正確な時刻を知らせる、そうなのだ、今夜中に、それもこの宮殿の門からさほど遠くないところで、やっつけてしまわねばならぬ。よいか、きっと忘れてはならぬぞ、この身はぜんぜん関知していないということに、それに、あの男と同時に——仕事はきれいにかたづけておきたいからな――息子のフリーアンスだが、それが供をしているはず、こいつを無きものにすることも、父親同様こちらには必要なのだ、頼む、この小童《こわっぱ》も、おなじく闇夜《やみよ》の道づれに。ま、二人だけになって、はっきり腹を決めるがよい、すぐまた会おう。

二人の刺客　もう決心はついております。

マクベス　すぐに呼びにやる、奥で待つがよい。（二人退場）これで決った、バンクォー、もし貴様の魂が天国行きをお望みならば、どうしても今夜のうちに、その道を捜しださねば間にあわぬぞ。（別の戸口から退場）

13　〔第三幕　第二場〕

前場に同じ

マクベス夫人が侍者とともに現われる。

夫人　バンクォーはもう城を出ましたか？

侍者　はい、夜にはおもどりでございます。

夫人　王様に、お暇なら、お目にかかって二、三申しあげたいことがあると、お伝えしておくれ。
侍者　は、かしこまりました。（退場）
夫人　何もならない、すべてがむだごと、望みは遂げても、満ちたりた安らぎが得られなければ。いっそ殺されたほうが、まだしも気楽、殺しておいて、あやふやな楽しみしか手に入らぬくらいなら。

マクベスが物思いに沈みながら登場。

夫人　まあ、どうなさったのです！　なぜいつもひとり寂しく物思いに沈んでばかりおいでなのです、相手が死んでしまえば、物思いも、しぜん消えてなくなるはず、それをわざわざ引きとめてどうなさるおつもりなのか？　薬のない傷は放《ほう》っておくよりしかたはない、出来たことは、出来てしまったのです。
マクベス　一太刀あびせただけで、蝮《まむし》はまだ生きている、傷口が癒《い》えて生きかえりでもしてみろ、手を出したこっちは、いつまたその毒牙《どくが》にかかるか知れたものではない。いっそ秩序の枠《わく》もこわれ、天地も滅んでしまうがいい、安んじて三度の食事もとれず、夜ごとの眠りも悪夢にさいなまれるくらいなら。あの死者と一緒の方がまだましだ、奴を安らかな眠りにつかせてやったのも、つまりはわが身安かれと思えばこそ、それを、心の拷問台《ごうもんだい》に載せられて、こんな気違いじみた不安におののいておらねばならぬのか。ダンカンはいま墓のなかにいる、生きる不安の発作からのがれ、静かに眠っているのだ、叛逆《はんぎゃく》のあらしも峠を越し、斬合《きりあ》いも毒殺もなく、内憂外患ともに跡を断ち、もう何ものも、あの男に手をふれることは出来ないのだ。

夫人　さあ、奥へ、そんな険しい顔をなさらないで、お客の前でも、明るく楽しそうにしていらして。

マクベス　そうしよう、おたがいにな、バンクォーの前では、とくに気をつけるのだぞ、目にも口にも敬意を忘れぬように。当分、辛《つら》い思いをせねばなるまい、国王の地位にありながら、その栄誉を保つために、阿諛《あゆ》追従《ついしょう》に身をひたし、顔を心の楯《たて》として、己《おの》が本性を包み隠さねばならぬのだ。

夫人　もう、おやめになって。

マクベス　ああ、おれの心のなかを、さそりが一杯はいずりまわる！　バンクォーとフリーアンスがまだ生きているのだぞ。

夫人　あの二人の命だって、やはり自然からの借りもの、いつまで続くものでもございますまい。

マクベス　そこに一縷《いちる》の望みがある、奴らにしても不死身ではないのだ、ま、のんきに構えているがよい。僧院のなかを蝙蝠《こうもり》が飛びかい、甲虫《かぶとむし》が魔女ヘケイトの誘いに、硬《かた》い羽音をひびかせて、眠そうに夜陰《やいん》の鐘を鳴り響かせる、そのころまでには、恐ろしいことが起るのだ。

夫人　起るとは、何が？

マクベス　知らずにいたほうがよい、さあ、あとで喜んでもらおう……早く来い、目を蔽《おお》う夜の闇、情けにもろい昼の目を包んでくれ、血みどろの、見えぬ手で、おれをおびやかすあいつの命の証文を、ずたずたに引裂いてしまってくれ！　たそがれてきた、烏《からす》がねぐらに急ぐ、昼の世界の善《よ》きものたちが、首を垂《こうべ》れて、まどろみはじめる、すると、闇夜の手先どもが、餌食《えじき》を求めてうごめきだすのだ。おれの言葉に驚いているな、大丈夫だ、安心しているがよい、一たび悪事に手を着けたら、最後の仕上げも悪の手にゆだねることだ。さ、解《わか》ったら、いっしょに奥へ。（二人退場）

〔第三幕　第二場〕

14

宮殿の外

森のなかの坂道、宮中の庭園に通じているが、宮殿からは少し離れている。二人の刺客、つづいて三人目が出て来る。

第一の刺客　しかし、誰なのだ、ここでおれたちに会えと言ったのは？

第三の刺客　マクベスだ。

第二の刺客　疑うにもおよぶまい、仕事はちゃんと御承知らしいし、逐一《ちくいち》、述べたてたところ、すべてこっちの言いつかったとおりだからな。

第一の刺客　よし、手つだってもらおう。西陽《にしび》がまだ尾を引いているな、遅れた旅人が、宿をのがすまいと、ひたすら脚を早めるころだ、つまり、おれたちの獲物も、そろそろ近づいて来ようというわけさ。

第三の刺客　しっ！　蹄《ひづめ》の音がきこえる。

バンクォー　（遠くで）おい、燈《あか》りを！

第二の刺客　確かに奴だ、予定の客はもう皆集まっている。

第一の刺客　馬があっちへ行くぞ。

第三の刺客　宮殿までせいぜい一マイルだ。しかし、奴はいつも――皆そうだが――ここから門まで歩いて行くのだ。

やがてバンクォーと炬火《たいまつ》をもったフリーアンスが坂道を登って来る。

第二の刺客　燈りが見えるぞ、燈りが！

第三の刺客　奴だ。

第一の刺客　ゆくぞ。

バンクォー　雨かな、今夜は。

第一の刺客　大降りだぞ。（炬火を叩《たた》き落す。同時に、他の二人がバンクォーを襲う）

バンクォー　うっ、だまし打ちか！　フリーアンス、逃げろ、早く逃げるのだ、早く！　いいか、仇を討ってくれよ。うっ、畜生！（息絶える。フリーアンスは逃げのびる）

第三の刺客　燈りを消したのは誰だ？

第一の刺客　まずかったか？

第三の刺客　一人しかやれなかった、息子の方は逃げてしまったぞ。

第二の刺客　肝腎《かんじん》の奴をのがしてしまったな。

第一の刺客　ま、引きあげよう、とにかく結果を伝えておかねば。（一同退場）

15

〔第三幕　第四場〕

宮中大広間

正面が一段高くなっており、その左右に戸口がある。段の上は玉座。その前にテーブル。さらにその前に長めのテーブルが丁字形に置いてある。宴会の用意が出来ている。マクベス夫妻。ロス、レノクス、その他の貴族、侍者たちが登場。

マクベス　みんな席は御存じのはずだ、さ、坐《すわ》ってくれ、何も申しあげることはない、ただ一言、よくおいでくださった。

貴族一同　お招き、ありがとう存じます。（マクベスは夫人を段上に導く。貴族たちは長テーブルの両側に席を占める。その一端は主人のために空けてある）

マクベス　この身も御一同にまじり、謹んで主人役を勤めさせていただこう。（そのあいだに夫人だけが玉座にのぼる）女主人は席に着いたままだが、いずれ時を見はからって、御挨拶《ごあいさつ》させよう。

夫人　どうぞ、あなたのお口から、私に代って。もちろん、心のなかでは、もう十分に御挨拶申しあげておりますけれど。

マクベスが左の戸口のそばを通りかかったとき、第一の刺客が、そこに姿を現わす。そのとき、貴族たちが立って、夫人に礼をする。

マクベス　それ、みんな、心から喜んでおられる。両側とも人数が同じだな、では、真中に坐らせてもらおう。（空席を指さす）さあ、大いに歓を尽していただきたい。やがて大盃《たいはい》をもって、ひとりひとり献酬に廻《まわ》るとしよう。（戸口に近より、小声で）顔に血が着いているぞ。

第一の刺客　（小声で）バンクォーのです。

マクベス　（小声で）貴様の顔についていて、しあわせだった、奴《やっ》の体内にとどまっているよりはな。やってしまったか？

第一の刺客　（小声で）は、のどをぐさりと、みごと、この手で。

マクベス　（小声で）人殺しの達人だな、貴様は！　しかし、フリーアンスをかたづけた奴も、ほめてやるぞ、それも、その手でやったというなら、それこそ無双の達人だ。

第一の刺客　（小声で）申しわけありませぬ、フリーアンスは逃してしまいました。

マクベス（小声で）そうだったのか、また不安の発作が襲いかかってくる、それさえうまくゆけば、もうこわいものなし、大理石の硬さに、巌《いわお》の揺るぎなさ、万物を蔽う大気の伸びやかさ、それをこの身につけえたろうに、それが、またしても、息ぐるしい穴倉に閉じこめられ、十重《とえ》二十重《はたえ》の雁字《がんじ》がらめ、とめどない疑惑と恐怖の虜《とりこ》となって。が、バンクォーの方は、安心してよいのだろうな？

第一の刺客（小声で）は、もちろん。安心このうえなし、頭に二十も風穴《かざあな》をあけられて、どぶのなかでのびております、一番かるいやつ一つでも命は助かりませぬ。

マクベス　御苦労だった、親蛇《おやへび》は死んでいる、逃げた子蛇も、いずれは毒をもとうが、当分、歯なしだ。退《さが》ってよい、あす、また相談しよう。（刺客去る）

夫人　まあ、ちっともおもてなしをなさらないで。せっかくの宴《うたげ》も、おいでいただいた喜びを、こちらでたえず口にしていなければ、料理屋で食事なさるのとおなじこと、どなたにしても、飲み食いだけなら、自分の家に越したことはありませぬ、招かれての御馳走《ごちそう》では、款待《かんたい》こそ、お料理の味つけ、それがなくては、どんな集いも味気のうございます。

バンクォーの亡霊が現われ、マクベスが坐ろうとしていた椅子《いす》に腰をおろす。

マクベス　よく気がついてくれた！　大いに食べてもらいたい、さ、御一同の健啖《けんたん》に祝杯をあげよう！

レノクス　王にも、どうぞお坐りを。

マクベス　これで国中の名門が一堂に会したわけだ、ただ、バンクォーだけが欠けているが、その不実も、なじって済ませられるものなら、これに越したことはない、不慮の災いなど起らぬように！

ロス　お招きをお受けしておきながら、姿を現わさぬのは、よろしくございませぬ。ともあれ、王にも、御同席ねがいとう存じます。

マクベス　席が無いようだな。

レノクス　こちらに空けてございます。

マクベス　どこに？

レノクス　こちらに……どうなさったのです？

マクベス　誰の仕業だ、これは？

貴族一同　え、いったい、何を？

マクベス　違う、おれがやったのではない、よせ、そんな、血みどろの髪の毛をふりたてて。（マクベス夫人が立ちあがる）

ロス　皆、お立ちいただきたい、王には御不快らしい。

夫人　（段を降りて来て）いいえ、どうぞお坐りになって、ときどき、こんなことが、それも若いころから。皆さん、どうぞ、おかけになって、発作はほんのいっとき、すぐまた治ります、そうして、じっと見つめておいでだと、かえって気むずかしくなり、発作が長びきます。さあ、召しあがって、王のことは気になさらずに。（小声で）それでも男と言えます？

マクベス　（小声で）男でなくて何だ、こうしてたじろぎもせず見つめている、あの悪魔も面をそむける怪物を。

夫人　（小声で）御立派ですこと！　それも御自分の恐怖心が生んだ絵姿、あのとき空を横ぎってダンカンのところへあなたを導いたという短剣とおなじこと。そんな、どなったり、わめいたり、大仰な身ぶりをなさって、恐怖も何もありはしない、子供じみたお芝居です、せいぜい冬のいろりばたで女どもの打興じる話の種、昔おばあさんから聴かされたお化け話のようなもの……恥ずかしくないのですか！　どうしてそんな顔を？　何もありはしませぬ、ただの椅子だけです。

マクベス　いや、頼む、そこを見ろ、それ！　そこを！　あれでもか？　ええい、何を気にかけることがある？　そうして首が振れるなら、口をきいてみろ。一度土のな

かに納めたものが吐きだせるなら、鳶《とび》の胃袋を墓にするがいい。（亡霊が消える）
夫人　（小声で）ああ、どうしてそんなとりとめのないことを？
マクベス　（小声で）ここにこうして立っている、それが事実なら、あれも、確かに見えたのだ。
夫人　（小声で）愚かなことを！
マクベス　（小声で。あちこち動き廻りながら）今まで何度となく人の血が流された、大昔、まだこの世を浄化し平和に導く情けの掟《おきて》がなかった時代、いや、それからあとにしても、聞くも恐ろしい殺戮《さつりく》が幾度かおこなわれてきたのだ、が、いつだって、脳天を割られて生きていたためしはない、それでおしまいだ、それが、今、頭に二十も致命傷を負いながら、生きかえって人を椅子から押しのける……殺戮そのものより、その方がよほど奇怪だ。
夫人　（マクベスの腕をおさえ）さあ、もう、皆さんがお待ちになって。
マクベス　そうだったな……いや、気になさらぬように、妙な持病だが、よくこれにやられる、知っている者は、少しも驚くまいが。とにかく御一同の健康を祝そう、そのあとで御同席させていただくとして。さあ、酒をくれ、なみなみと注《つ》いでもらおう。（杯をあげると、ふたたび亡霊が現われ、マクベスのうしろの空席に坐る）では、乾杯する、ここにおいでの方々すべてのために、あわせて待ちぼうけを食わせたバンクォーのためにも！　あれの不参は、なんとしても残念だ！　とにかく乾杯しよう、あの男のために、そして御一同のために、おたがいにおたがいの健康を祝して。

貴族一同　（乾杯して）一同の忠節を、謹んで乾杯。

マクベス　（坐ろうとして、うしろを向く）ええい、どけ！　退れ！　地下に消えうせろ！　（杯を落す）その骨に髄はあるまい、血は冷えきっている、そんなに眼《め》をぎらぎら光らせて、何が見えるというのだ！

夫人　大丈夫です、皆さん、よくあること、心配は要りませぬ、ただ、せっかくの興をおさましして。

マクベス　人間のすることなら、何でもしてみせるぞ、たとえどのような姿で現われようと、おおさ、毛むくじゃらのロシア熊《ぐま》、角をはやした犀《さい》はおろか、ハイケニアの虎《とら》でも何でも、この逞《たくま》しい筋肉、びくりとでもするものか、それとも、生きかえって、無人の沙漠《さばく》で真剣勝負を挑《いど》む気か、このおれに、よし、そのとき、ちょっとでも震えたら、泣虫の小娘とでも何とでも罵《ののし》るがいい。行ってしまえ、人をおびやかす影法師！　ありもしない幻、ええい、行ってしまえ！　（亡霊、消える）うむ、よし、消えてしまいさえすれば、このとおり、もうなんともありはしない。さ、どうか坐っていただきたい。

夫人　おかげで座も白け、楽しい集いも台なしになってしまいました、おとりみだしにも程があります。

マクベス　あれを見て、しかも、夏の雲のようにいきなり襲いかかられてみろ、誰が驚かずにいられるか？　だが、みんな、平気だったな、そうなると自分で自分が解らなくなる、誰も顔色ひとつ変えず、頰《ほお》には生き生きと血の気が通って、それなのに自分ひとりが恐怖でまっさおになっている。

ロス　何を御覧になったと？

夫人　お願いです、何もおっしゃらずに、かえってひどくなります、きかれると、興奮するのでしょう、今夜は、このままお引きとりくださいまし。御挨拶、席次などもおかまいなく、（一同、立ちあがる）どうぞ。

レノクス　では、退らせていただきます、くれぐれもお大事になさいますよう。

夫人　どなたもおやすみなさいまし！　（一同退出）

マクベス　どうしても血を流したいのか、血は血を呼ぶという。墓石が動き、立木が告げ口したためしもある。不気味な前兆や、意味ありげな様相が、かささぎや烏《からす》の声を借りて、隠れた暗殺者をあばきだしたこともあるとか……もう何時だ？

夫人　そろそろ朝になるころでは。
マクベス　どう思う、マクダフは断わったな、来いと言ったのに？
夫人　使いをお出しになったのですか？
マクベス　いや、ひとづてに聞いたのだ、だが、とにかく使いを出しておこう。大丈夫だ、おれが飼っている家来のいない屋敷がどこにあるものか……夜が明けたら、そうだ、すぐにも、例の女たちのところへ行ってくる、いろいろ聞きだしてやるのだ、今《いま》となっては、どうしても知りたい、どんな忌わしい手を使おうと、どんな忌わしい未来であろうと。わが身のためなら、大義も名分も知ったことか、血の流れにここまで踏みこんでしまった以上、今さら引返せるものではない、思いきって渡ってしまうのだ、怪しげな影が、この頭のなかに、そして、それが手にのりうつろうとしている、そうだ、とめることはない、やってしまうのだ、考えるのはあとでよい。
夫人　おやすみにならなければ。眠りは生に必要な滋養物、それが足りないのです。
マクベス　そうだ、寝よう。怪しげな幻に惑わされるのも、荒行《あらぎょう》に慣れぬ若僧の恐怖心、悪事となると、まだおれも、ほんの子供にすぎぬのだ。（二人退場）

15〔Ⅲ－4〕

〔第三幕　第五場〕

16

荒れ地
雷鳴。
魔女登場、ヘカティーに出あう。

第一の魔女　おや、おや、ヘカティー、お前さん、怒っているみたいだね。

ヘカティー　これが怒らずにいられるかね、糞婆《くそばばあ》め、きいたふうな出しゃばりをしやがって？　マクベス相手に勝手な取引き、生き死にの謎《なぞ》なんか掛けやがる。その通力《つうりき》は誰にもらった？　この世に起る禍事《まがごと》いっさい、一手に操るこの姐御《あねご》もすっぽかし、おかげでこっちは腕前の見せ場をなくしてしまったじゃないか。それぱかりかよ、お前さんたちのすることなすこと、みんな見当違い、ひねこびた癇癪《かんしゃく》もちのどら息子の肩なんかもちやがって。決ってる、みんなおなじよ、手前がかわいいのさ、お前さんたちのためなど考えてくれるものかよ。さ、今度は埋合《うめあわ》せだ、夜が明けたら、それ、あの地獄の入口、エカロンで、このヘカティー様をお待ち申すのだ。そこへあいつがやってくる、己《おの》が未来の運命を知りたいばかりに。いいか、道具やまじない薬、一切《いっさい》合財《がっさい》、用意して、奴をお迎えあそばすのだ。そのまえに、こっちは夜空をひとめぐり、どすぐろい血みどろ仕事に身を入れるとしようか。明けたら、もひとつ大仕事、それも昼までにかたづけるのさ、それ、三日月の尻《し》っぽに滴《しずく》がたまって落ちそうだ、あれが地面に届かぬうちに、うまく横から引っさらい、魔法でちょろちょろ煮くたらす、効果は覿面《てきめん》、ありもせぬ幻のひとがたが、つぎつぎ現われ、奴の心を惑わせて、破滅の淵《ふち》に引きずりこむのだ。奴は狂うて己が運命を足蹴《あしげ》にかけ、死をも嘲《あざけ》り、あだな望みにすべてを賭《か》け、神の恵みも、分別も、恐怖心すらそっちのけ、そうさ、生き身の人間、うぬぼれこそが、何より大敵なのよ。

音楽。「おいで、おいで、早く、ヘカティー」などの歌。雲がさがってくる。

ヘカティー　それ、呼んでいる、子分の妖精《ようせい》が待っている、御覧、あの雲のなかに、ちょこなんと。（ひらりと雲にのり、飛び去る）

第一の魔女　さあ、大急ぎだ、さもないと、またすぐ帰ってくる。（一同、消える）

17

スコットランド内のある城

レノクス、ほかに貴族一人登場。

レノクス　以上、申しあげたこと、一々お考えと一致するようだが、そのさきも御解釈次第、いろいろと見かたはあろう、自分としては、ただ一言、諸事不可解のまま、そう言いたいだけだ。仁徳高いダンカンを、あのマクベスが哀悼《あいとう》する、それも結構、ダンカンは死にましたからな。一方、猛将バンクォーの夜歩き――もちろん、考えようでは、フリーアンスが手をくだしたとも言える、逃げてしまいましたからな、とにかく、うっかり夜歩きもできない。ま、誰だって、怪しまざるをえますまい、マルコムやドヌルベインが、情けぶかい父親を殺したと言われれば？　忌わしいにも程がある！　というわけで、マクベスがどんなに悲《ひ》憤慷慨《ふんこうがい》したことか！　怒りに狂って、その場で犯人二人をめった斬《ぎ》り、これも当然、酒や眠りの奴隷《どれい》になるような奴なら、マクベスの果断、むしろ称すべしと言えよう？　そのとおり、また賢なり明なり、なぜといって、もし奴らが犯行を否定したとなれば、生き身の人間、誰だって腹が立つ。要するに、マクベスは万事うまくかたづけたというものだ。さらに、こう言ってもよい、もしダンカンの息子たちも、マクベスの掌中に陥ったとせんか、ま、そう、何もかも、都合よくは運ばぬだろうが、しかし、万一そうなったら、父殺しの大罪のいかなるものか、ともども身におもい知るだろう、フリーアンスとてもおなじこと。が、待った！　例のマクダフ、噂《うわさ》によると、あまりおおっぴらに喋《しゃべ》りたてたうえに、暴君の招宴に出なかったので、ひどく御不興を蒙《こうむ》ったとか。どこに身を隠したか、御存じか？

貴族　ダンカン王の御長男は、暴君に王位を奪われ、イングランド王室に助けをお求めになったよし、おかげで、あの敬虔《けいけん》なエドワード王の御庇護《ごひご》を受け、逆境にもかかわらず、諸人の尊敬をあつめておられるとのこと。マクダフもすでにかの地に赴いたらしい、やがて聖王の援助を請《こ》い、ノーサンバランドに呼びかけ、その領主、武勇のシュアードを起《た》たしめようとの心づもり、もしそれがうまくゆき、さいわい神の御加護を得れば、いずれもふたたび、心安んじて食べたり寝たりが出来るというもの、饗《きょう》宴《えん》の席から血なまぐさい匕首《あいくち》を遠ざけ、心からの忠節と、公正な栄誉とを、上下にかよいあわせようというわけだが、それこそ今日、誰しも冀《こいねが》うところであろう。ところが、王はこの知らせを聴いて、大変立腹され、すでに戦いの用意にかかられたそうだ。

レノクス いちおうマクダフを呼びにやられたのか？

貴族 もちろんだ。それがまた剣もほろろの挨拶《あいさつ》、「いまさら誰が」の一言、さすがの使者も気色《けしき》ばみ、こう、ぐるっと背を向け、口のなかで、何かぶつくさ言ったらしい、大方、「こんな返事をもって帰らせる気か、いまに臍《ほぞ》をかむぞ」とでも言いたかったのだろう。

レノクス このうえはマクダフとしても、よくよく心して王の手の届かぬところに身を潜《ひそ》めていてもらいたいものだ。こちらはただ、聖なる天使がマクダフより早くイングランド王家に飛んでゆき、事の次第を告げ知らせてくれるようにと祈るばかりだ、そうすれば、この呪《のろ》われた掌《てのひら》のなかで苦しみ喘《あえ》いでいるわが国にも、たちまち幸《さち》が満ち溢《あふ》れよう！

貴族 同じ思いだ、ともに祈ろう。（二人退場）

〔Ⅳ－1〕18

〔第四幕 第一場〕

18

洞窟《どうくつ》

中央に穴が開き、火焔《かえん》が立ちのぼっている。その上に煮えたぎる大釜《おおがま》。雷鳴とともに、火焔のなかから三人の魔女が一人ずつ現われる。

第一の魔女　三度、鳴いたぞ、虎猫《とらねこ》が。

第二の魔女　わしの針鼠《はりねずみ》は、これで、三度と一度さ。

第三の魔女　化け鳥め、うるさくせっつきおるわ、「早く、早く」とな。

第一の魔女　釜のまわりをぐるぐる廻《まわ》り、腐ったはらわた放《ほう》りこめ。(三人は釜の周囲を左の方へめぐりはじめる)それ、ひき蛙《がえる》、冷たい石に押しつぶされて、三十一日三十一夜、眠りつづけて、毒の汗ながす、お前が最初に魔法の釜に、煮えろ、煮えろ！

三人　この世の憂《う》さも辛《つら》さも、倍ましだぞ、それ、焔《ほのお》はごうごう、釜はぐらぐら。

(三人は釜を掻《か》きまわす)

第二の魔女　おつぎは沼蛇《ぬまへび》のぶつ切りだ、煮えろ、焼けろ。いもりの眼玉に蛙の指さき、蝙蝠《こうもり》の羽に犬のべろ、蝮《まむし》の舌に盲蛇の牙《きば》、とかげの脚に梟《ふくろう》の翼、このまじないで、恐ろしい禍《わざわ》いが湧《わ》き起る、さあ、地獄の雑炊、ぶつぶつ煮えろ、ぐらぐら煮えろ。

三人　この世の憂さも辛さも、倍ましだぞ、それ、焔はごうごう、釜はぐらぐら。

（釜を掻きまわす）

第三の魔女　竜のうろこに狼《おおかみ》の牙、魔女のミイラに人食い鮫《ざめ》の咽喉《のど》と胃袋、闇夜《やみよ》に掘った毒にんじんの根、イエスを罵ったユダヤ人の肝臓、山羊《やぎ》の肝、月蝕《げっしょく》の夜に手折《たお》ったいちいの小枝、トルコ人の鼻と韃靼《だったん》人の脣《くちびる》、売女《ばいた》が溝《どぶ》に生み落して、すぐに首を締めた赤ん坊の指、さあ、とろりとろりと煮つめようよ、この雑炊を。それ、も一つおまけに、虎のはらわた、釜の中味に毒の味きかそう。

三人　この世の憂さも辛さも、倍ましだぞ、それ、焔はごうごう、釜はぐらぐら。

（釜を掻きまわす）

第二の魔女　さ、こいつを狒々《ひひ》の血で冷やして、これでまじない、終ったぞ、効《き》きめは十分。

そこへヘカティーが他の三人の魔女を連れて登場。

ヘカティー　よし、よし、賞《ほ》めてやる！　御苦労だった、あとで儲《もう》けは山わけだぞ。さあ、釜をまわって歌った、歌った、小さな妖精よろしく手に手をとって、苦心の料理に呪いをくれろ。

音楽と歌、「黒い精霊……」ではじまる。ヘカティー退場。

第二の魔女　親指がぴくぴく動く、何か悪いものがこっちに近づいて来るな、抜けろ、かんぬき、誰でもいいぞ！

戸がさっと開き、マクベスの姿が現われる。

マクベス（中へ足を踏みこみながら）やい、闇に隠れて悪事を働く魔物ども！　何のまねだ、それは？

三人　口では言えぬことさ。

マクベス　頼む、どうして解《わか》るか知らぬが、魔性の通力《つうりき》ありというからには、それに賭けても教えてくれ、その代り、どんなことをしてもいい、風という風を解き放ち、教会をぶっ潰《つぶ》そうと勝手だ、さかまく怒濤《どとう》に船をくつがえし、海底の藻《も》くずと消してしまえ、穫入《とりい》れまえの麦の穂を吹きとばし、立木もへし折ってしまうがいい、城壁を押倒し、衛兵を生き埋めにしろ、宮殿やピラミッドの頂も揺るがし傾けるがいい、えい、どうとでもしろ、自然を豊かに実らす万物の種を、ことごとく地表にさらけだし、いかなる破壊の魔手も面《おもて》をそむける荒廃が大地を蔽《おお》おうと、構いはせぬぞ、さ、おれの問いに答えてくれ。

第一の魔女　言ってみるがいい。

第二の魔女　何が知りたい。

第三の魔女　答えてやるとも。

第一の魔女　わしらの口からでいいのかね、それとも、銘々の役から聞く気かね？

マクベス　すぐ呼びだしてくれ、じかに会ってやる！

第一の魔女　さあ、たらしこめ、己れの子を九匹食《く》らった豚の血を。仕置きにあった人殺しが今わのきわに流した脂汗《あぶらあせ》も、さあ、たらしこめ、火のなかに。

三人　いいか、地獄の大物、小物、姿を現わし、勤めを果せ。

雷鳴。釜のなかから第一の幻影が現われる。マクベスとおなじ兜《かぶと》をかぶっている。

マクベス　さあ、言ってくれ、何者か知らぬが――

第一の魔女　向うじゃ、その腹のなかまで見とおしだ。聞いていればいい、何も言いなさるな。

第一の幻影　マクベス！　マクベス！　マクベス！　気をつけろよ、マクダフに、気をつけろ、ファイフの領主に。さあ、もどらせてくれ。それだけだ。（釜のなかに消え

る）

マクベス　何者か知らぬが、よく教えてくれた、礼を言うぞ。おれの心の煩《わずら》いを、みごと言いあてた。待て、もう一言――

第一の魔女　命令など受けつけるものか。あとにまだある、別なのが、もっと凄《すご》い力を持った奴が。

雷鳴。第二の幻影が現われる。血にまみれた子供の姿をしている。

第二の幻影　マクベス！　マクベス！　マクベス！

マクベス　もし耳が三つあったら、その三つの耳で、一語ももらさず聞いてやるぞ。

第二の幻影　どんな酷《ひど》いことでも臆《おく》せずやってのけるのだ。高の知れた人間の力など、鼻の先で笑ってやれ、マクベスを倒す者はいないのだ、女の生み落した者のなかには。

（引っこむ）

マクベス　それなら、生きていろ、マクダフ。貴様のどこがこわいのだ？　だが、用心するに越したことはない、運命の手から一札とっておくぞ、さあ、マクダフ、命はもらった、そうなれば、おれも青白い弱気などは吹きとばし、たとえ雷のなかでも、大の字なりに眠っていられよう。

雷鳴。第三の幻影が現われる。やはり子供だが、王冠をかぶり、手に木の枝をもっている。

マクベス　これはなんだ、王子だな、小さな額に、王者のしるし、金の冠をいただいているではないか？

三人　さ、お聞き、話しかけてはならぬ。

第三の幻影　獅子《しし》の心を身につけ、傲然《ごうぜん》と構えているがよい、誰が怒ろうと、誰が悩もうと、裏切者がどこで何をたくらもうと、いっさい歯牙《しが》にかけるな、マクベスは滅びはしない、あのバーナムの大森林がダンシネインの丘に攻めのぼって来ぬかぎりは。

（引っこむ）

マクベス　そんなことがあってたまるものか、だれが森を召集できる？　樹《き》に向って、地中にがっしりと張った根を抜けなどと、誰が命令できる？　さいさきがよいぞ！　文句なしだ。死んだ奴まで、恨めしげに頭をもたげる、そんなことはもう二度と起るな、バーナムの森が一斉蜂起《いっせいほうき》するまではな、それでこのマクベスは王座の高みに坐したまま、余生を気楽に生きる、天から迎えが来るまでは、安らかに息をついていられるのだ。が、ただ一つ、どうしても知りたいことが、頼む、教えてくれ、貴様たちの通力で解ることなら、バンクォーの子孫が、この国を統《す》べる日が来るかどうかを？

三人　もう、これ以上、きかぬがいいぞ。

マクベス　頼む、それだけ聴けば、落ちつくのだ、いやだと言うなら、貴様たちを永久に呪ってくれるぞ！　さ、教えてくれ……

　オーボエの音。それと同時に釜が沈んでゆく。

マクベス　釜が沈む、どうしたのだ？　あの調べは？

第一の魔女　見せておやり！

第二の魔女　見せておやり！

第三の魔女　見せておやり！

三人　あの眼《め》に見せておやり、そして心には悲しみを、さあ、影のように現われて、影のように消えるのだ。

　八人の王の影が、一つずつ洞窟の奥を通りすぎる。最後のそれは手に鏡をもっている。そのあとにバンクォーの亡霊が続く。この幻影のあるあいだ、マクベスの言葉がつづく。

マクベス　（先頭の影を見て）貴様は、バンクォーの亡霊にそっくりだな、退《さが》れ！　その王冠がおれの眼玉を焼けただらす。（二番目の影を見て）その髪の毛、額にはまたしても金の冠、貴様も前の奴にそっくりではないか。うむ、三人目も。やい、薄ぎたない鬼婆《おにばばあ》！　どういうわけで、こんなものを見せるのだ？――四人目もか？　眼の玉もとびだしてしまえ！　ええい、最後の審判のその日まで、この行列を続けるつもりか？　またか？　七人目だな？　もう見ぬぞ、八人目か、手には魔法の鏡、あとに続く無数の行列を見せようとてか、あれは何者だ、玉を二つ、三つの笏《しゃく》を手にしている。ああ、恐ろしい！……そうか、やはり本当だったのか、それ、髪の毛をべっとり血で固めたバンクォーが、面に笑いを浮べながら、行列を指さしている、これが自分の子孫だと。言え、本当にこのとおりになるのか？

第一の魔女　そうとも、みんなこのとおりさ。だが、なぜそんなに驚く、マクベスとしたことが？　さあ、みんなで、この大将を元気づけてやろうじゃないか、せいぜいおもしろい余興でも御覧にいれてな。いいか、わしは空気にまじないくれて、いい音をださせてやるから、お前さんたち、ひとつ風変りな踊りを見せてさしあげてはどうだね、そうすりゃ、この立派な王さん、わしらの肩をたたいて、のたまうらくだ、もてなし御苦労、来たかいあったと。

音楽。魔女の踊り。そのあとで忽然《こつぜん》と消える。

マクベス　どこにいる？　行ってしまったのか？　ああ、この恐ろしいひととき、暦のなかで永久に呪われてあれ！　おい、はいって来い！

レノクスがはいって来る。

レノクス　は、何か？
マクベス　怪しい女どもを見たか？
レノクス　いいえ。
マクベス　そばを通らなかったか？
レノクス　いいえ、誰《だれ》も通りませぬ。
マクベス　奴らの飛ぶところ、空気も腐ってしまえ！　あんなものを信じる輩《やから》は地獄に落ちるがいい！　蹄《ひづめ》の音がしたな？　誰だ？
レノクス　使者でございます、マクダフがイングランドへ落ちのびたことを知らせに参りました。
マクベス　イングランドへ落ちのびたと！

18〔Ⅳ－1〕

レノクス　は、そう申しております。

マクベス　（傍白）時よ、よくもだしぬいたな、この身の毛もよだつたくらみを。腹のなかだけで、いくら先手を打っても、行為がともなわねば、追越されてしまうだけだ。もうこれからは、心に浮んだ初物は、きっと手にも食わせてやるぞ。そうだ、今すぐにも。自分の思いつきに実行の仕あげをほどこすためだ、思いついたら、やってしまうにかぎる。マクダフの城に不意打ちを仕かけ、ファイフを乗っとり、奴の妻子をはじめ、その血をひく哀れな奴どもを、かたはしから刀の錆《さび》にしてくれるぞ。愚人の強がりとはちがうのだ、よし、かならずやってみせる、腹の虫がおさまらぬうちに。あんな幻など、くそくらえ！（レノクスに）その使者たちは、どこにいる？　さ、そこへ案内してくれ。（二人退場）

〔第四幕　第二場〕

19

ファイフ、マクダフの城

マクダフの妻とその子。つづいてロス。

マクダフ夫人　夫は何をしたというのでしょう、急に逃げだしたりして？
ロス　このさい、落ちつきが肝要です。
マクダフ夫人　いいえ、落ちつきのないのはマクダフの方、逃げだすなどとは、狂気の沙汰《さた》です。何もしなくても、恐れて慌《あわ》てふためけば、それだけで謀反人《むほんにん》と見なされましょう。
ロス　一概には申せますまい、分別で逃げたのか、恐れて逃げたのか。
マクダフ夫人　分別ですって！　妻子を置き去りにし、家屋敷も財産も打捨て逃げだすのが？　いいえ、情愛がたりないのです、親子の情に欠けているのです、鳥のなかでもいちばん小さな、あのみそさざいすら、巣のなかの雛《ひな》を守るためには、梟《ふくろう》に立ち向ってゆく。つまりは恐怖心です、情愛のひとかけらさえありはしません。分別などあるものですか、こんなふうにして逃げだすなど、どう考えても理窟《りくつ》にあわない。
ロス　お願いだ、気を鎮《しず》めてください。あれは立派な男です、聡明《そうめい》だし、ものを見わける目ももっている、潮時《しおどき》というものも、ちゃんと心得ています。今のところ、これ以上は言えませんが、とにかくひどい御時勢です、自分でも知らないうちに謀反人にされている、恐怖のあまり、手あたりしだい噂《うわさ》を信じてしまう、それでいて、何が恐ろしいのか、皆目その正体がわからない、ただ荒れ狂う波間を漂うにまかせ、あちこちうろうろするばかりだ、ま、それだけ申しあげておきましょう。では、お暇《いとま》を、いずれまた近いうちに伺います。物事もどん底まで落ちれば、それで終りだ、いや、かならず、もとの状態にもどりましょう。さあ、坊も元気で！

マクダフ夫人　かわいそうに、父親はありながら、いないも同然。

ロス　自分の愚に愛想《あいそ》がつきる、これ以上、長居をすれば、醜態をさらけだし、御迷惑をおかけしましょう。本当に失礼いたします。（急いで退場）

マクダフ夫人　こちらを御覧、お父様は死んでしまった、どうするつもり？　どうして生きてゆくの？

少年　小鳥のようにして。

マクダフ夫人　まさか、虫や蠅《はえ》を食べて？

少年　いいえ、何でも取れるものを取って、だって、小鳥はそうしているもの、みんな。

マクダフ夫人　かわいそうに！　お前のような小鳥は、網も黐《もち》もこわがらないのだろうね、羂《わな》も、陥穴《おとしあな》も眼中にないのだろう。

少年　こわがるって、どうして？　かわいそうな小鳥なら、誰もそんないたずらしないもの。お母様はそんなことおっしゃるけれど、お父様、死んでなんかいませんよ。

マクダフ夫人　いいえ、死んでしまったのです。お父様なしで、どうしたらいいの？
少年　それなら、お母様はどうするの、旦那様《だんなさま》なしで？
マクダフ夫人　そうね、市場へ行って、どっさり仕入れて来ましょうか。
少年　そうして、また売ってしまうのね。
マクダフ夫人　ありったけの智慧《ちえ》をしぼって、でも、本当にうまいことを。
少年　お父様は謀反人ですって、お母様？
マクダフ夫人　ええ、そうなのですよ。
少年　でも、謀反人って、何のこと？
マクダフ夫人　それはね、誓っておきながら、嘘《うそ》をつく人のこと。
少年　じゃ、謀反人ってみんな、そうするの？
マクダフ夫人　ええ、そんなことをする人は、みんな謀反人、そうして最後には縛り首にされるの。
少年　それじゃ、誓っておいて嘘をついた人は、みんな縛り首にされるの？
マクダフ夫人　ええ、みんな。
少年　誰が首を締めるの？
マクダフ夫人　それは、いい人がよ。

少年　それじゃ、嘘をついたり誓ったりする人はばかですね、だって、嘘ついたり誓ったりする人はたくさんいるもの、みんなして、そのいい人をひっぱたいて、縛り首にしてしまえばいいのに。
マクダフ夫人　まあ、呆《あき》れた、この子は！　でも、お父様なしで、本当にどうしたらいいと思うの？
少年　お父様が本当に死んでしまったのなら、お母様は泣くでしょう、もしお母様が泣かなければ、それなら、いい話があるってことだもの、すぐまた新しいお父様が出来るとか。
マクダフ夫人　かわいいお喋《しゃべ》りやさん、何を言いだすやら……

使者が現われる。

使者　ごめんくださいまし！　お見覚えないと存じます、御身分柄《ごみぶんがら》、こちらではよく存じあげておりますが。唐突でございますが、危険がすぐおそばに迫っております。しがないものの申すこと、もしお採りあげいただければ、一刻も早くここをお立退《たちの》きあそばすよう、お子様方も御一緒に。こうしてお騒がせするのも、心なきわざと存じますが、それどころか、さらに残酷な手が、御身に迫っておりますので。なにとぞ御

大事に！　もはや、こうしてはおられませぬ、失礼を。（使者退場）

マクダフ夫人　どこへ逃げたら？　何も悪いことをした覚えはない。いいえ、この世に生きているのだ、ここでは、悪いことをして、かえって賞《ほ》められ、よいことをして、危ない目にあい、ばか呼ばわりもされかねない、そうだとすれば、悪いことをした覚えはないなどと、所詮《しょせん》は女の愚痴でしかないのか？

刺客たちが姿を現わす。

マクダフ夫人　あの顔は？

刺客　マクダフはどこにいる？

マクダフ夫人　お前ごときに見つかるような、不浄の場所にはおりますまい。

刺客　マクダフは謀反人だぞ。

少年　嘘だ、弱い者いじめの、むく犬め！

刺客　なまいきを言うな、口ばしの青いのが！（いきなり子供を刺し殺す）ええい、裏切者の小伜《こせがれ》め！

少年　あ、だめだ、お母様、逃げて、早く。（死ぬ。夫人は「人殺し」と叫びながら、刺客に追われて逃げる）

〔第四幕　第三場〕

20

イングランド、エドワード懺悔《ざんげ》王《おう》の宮殿前

マルコムとマクダフが出て来る。

マルコム　どこか人目につかぬところでおたがいの胸のはれるまで泣きあおう。

マクダフ　いや、むしろ雄々しく死の剣《つるぎ》を取って立ち、打ちのめされた祖国の運命を守ろうではございませんか。朝がくるごとに、夫を失った女たちが眼を泣きはらし、孤児の群れが泣き叫ぶ、天も、このスコットランドの新しい悲しみに面《おもて》を打たれ、その悩みに応《こた》えるがごとく、おなじ歎《なげ》きの調べをこだまして返すありさま。

マルコム　信じられれば、歎きもしよう、様子がわかれば、信じもしよう、まあ、時機さえきたら、援軍に馳《は》せ参じるということにして。今の話、おそらくそのとおりでもあろう。今ではその名を口にしただけでも舌がただれるあの暴君も、かつては正義の士と思われていた、御身自身も心からあの男を敬愛していたはず、さすがに、あれも、御身にはまだ手を触れていない。こちらはほんの若僧、しかし、売れば、御身として相当の恩賞に与《あずか》れよう、怒れる神の心を鎮めるために、哀れな弱い無辜《むこ》の小羊を生贄《いけにえ》にさしだすのも、ひとつの分別。
マクダフ　裏切りはごめんです。
マルコム　が、マクベスがそれをやっている。こっちでどう思おうと、有徳《うとく》の君子も帝王の権威を前にしては尻《しり》ごみしかねない。ま、許してくれ、こっちでどう思おうと、御身の人柄に変りはない。天使たちはいつでも輝いている、その長《おさ》が悪魔となって地獄に落ちようともな。たとえあらゆるまがいものが、徳で面を飾ろうと、だからといって、徳の方で、いまさら違った化粧もほどこせまい。
マクダフ　いよいよ望みの綱も切れはてました。
マルコム　いや、そこなのだ、どうもその辺にうなずけないものがある。無法にも程があろう、なぜ妻子を放《ほう》りだして来たのだな、人情の大本、強いきずな、その妻子に別れの挨拶《あいさつ》もせず、よくここまで来られたな？　いや、こう疑ったからとて、侮辱ととられては困る、今の自分は、己れの手で己れを衛《まも》るほかないのだからな。なるほど、御身は正義の士かもしれぬ、こっちでどう考えようとも。
マクダフ　いくらでも血を流すがいい、みじめな祖国の運命！　荒狂う暴政のあらし、思うぞんぶん国の岩根を揺るがすがいい、善も、もう貴様の力をおさえられぬのだ、さあ、いくらでも非道のふるまいに手を汚《よご》したらいい、苦情を言うものはどこにもいないのだぞ！　御機嫌《ごきげん》よう、マルコム様。ただ一言、たとえあの暴君の掌中にある領土をもらっても、そのうえ豊かな東方全土をつけてくれるといわれても、お考えのような悪党にはなりたくない。そういう男もあるのです。

マルコム　怒ってはいけない、かならずしも疑心暗鬼だけで言うのではない、自分とて、祖国が、手《て》枷足枷《かせあしかせ》、苦しい境涯《きょうがい》に陥っていることは、十分知っているつもりだ、今、自分の国は、涙を流し、血を吹きだしている、すでに斬《き》りさいなまれた身に、日々新しい傷口が加えられる。もちろん、この身のために拳《こぶし》をふりあげてくれる者もいるであろう、ありがたいことに、イングランド王も数千の援兵を送ろうと言ってくれている。しかし、おかげをもって、暴君の頭上に足をかけ、その首を剣のさきに掲げえたとしても、それで、あのみじめな国が、今より良くなろうとは思えぬ、悪徳はますますはびころうし、なにかと苦しみもふえよう、つぎに王位を継いだ男が問題だからな。

マクダフ　誰のことをおっしゃるのです、それは？

マルコム　言うまでもない、この身のことさ、自分でよく知っているが、このなかには、ありとあらゆる悪の芽が植えつけられている、それがひとたび花を開けば、どすぐろいマクベスの面が、むしろ雪のように白く見えてこよう、みじめな国とやらも、あの男を小羊のようにあがめはじめるだろう、新しい王の振りまく無限の禍《わざわ》いに恐れをなしてな。

マクダフ　何をおっしゃる、不気味な地獄の悪魔の群れのなかにも、悪事にかけては、マクベスのうえ越す奴はおりませぬ。

マルコム　なるほど、奴は残忍非道、色好みで強欲、不正をなんとも思わぬ、嘘をつく、頑迷不霊《がんめいふれい》で、腹黒い、こう数えたてくれば、名のつくかぎりの罪を一身に背負っている、といって、こっちも淫蕩《いんとう》の血にかけては、底なしだ、人妻よし、生娘《きむすめ》よし、年増《としま》もけっこう、おぼこもけっこう、かたはしからそれを集めて、この欲情の水溜《みずた》めにぶちこんでも、到底うまりっこない、意志に逆らう邪魔者は、溢《あふ》れる水の勢いに押し流されてしまうだろう。こんな男が国を統《す》べるよりは、マクベスの方がまだましというものさ。

マクダフ　限りない放縦《ほうしょう》も、人格を荒廃に帰せしめる暴政にはちがいありませぬ、今までにも、そのために、幸福な王座に時ならぬひびが入り、多くの王が失脚してまいりました。それはそれ、御自分の有《ゆう》たるものに手をおつけになるのに、なにもおためらいになる必要はありますまい、お楽しみの方は、蔭《かげ》でこっそり、ごぞんぶんになさればよろしい、表面いかにも気が無さそうに見せかけて、世人の目をくらますことも出来ましょう、喜んでお相手する女は、いくらもおります、御意を迎えて身を捧《ささ》げたがる女性《にょしょう》の群れを、かたはしから平らげるほどの禿鷹《はげたか》を、まさか内に飼っておいでではございますまい。

マルコム　いや、そればかりではない。これも度しがたい性情の一つだが、物欲をおさえられないたちで、もし自分が王位につこうものなら、領地ほしさに、貴族の首をはね、あそこの財宝、こちらの家屋敷と、欲には限りがなかろう、それを手に入れれば入れるほど、ますます飢えはつのるばかり、忠臣、君子を相手に事を構え、不正の争いを仕かける、相手を滅ぼしてでも、その富を手中におさめようとする。

マクダフ　なるほど、物欲の方が始末にわるい、短い夏場かぎりの欲情にくらべれば、はるかに根づよいものではございましょう、昔から、その刃《やいば》にかかって倒れた王も少なくない、といって、それを気になさるにもおよびませぬ、スコットランドには、御自身の所領だけでも、十分満足なさるだけの富があります。ま、それもこれも、ほかの徳を秤《はかり》にかければ、べつに大した傷とも申せませせぬ。

マルコム　また、その徳が無い。王にふさわしいもろもろの美徳、すなわち公正、真実、節制、信念、寛大、忍耐、慈悲、謙譲、敬虔《けいけん》、我慢、勇気、不屈の精神、これら一切、薬にしたくもないのだ、それどころか、この胸のうちには、ありとあらゆる罪の切れはしが一杯つまっている、それを縦横に働かせる。こんな男が権力を握ったら、心を和《なご》ます甘い乳を地獄に注ぎこみ、内外の平和を掻《か》き乱し、地上の調和をぶちこわしてしまうだろう。

マクダフ　おお、スコットランドよ！　スコットランドよ！

マルコム　そういう人間でも、国を治める資格があるかどうか、遠慮なく言ってもらいたい、嘘、偽りは言わぬ、そのとおりの男なのだ、この身は。

マクダフ　国を治める資格！　ありますものか、生きている値うちもない。ああ、かわいそうなのは国民だ！　暴君の血にまみれた笏《しゃく》の前に、ひたすら震えおののくばかり、いつの日に晴れた日の目を仰ぐことか？　正当な王位の継承者は、己《おの》が口から己れの罪を摘発し、尊い血筋を冒瀆《ぼうとく》しておられる。お父上は聖者のような王だった、それにお母上のお妃《きさき》も、日々、死出の旅路の用意を怠りなく、その立っておられるお姿よりは額《ぬか》ずいておられるお姿の方が、いまだにこの眼《め》に残っております。マルコム様、もうお暇《いとま》を！　今お挙げになった数々の御欠点、おかげで、このマクダフも、スコットランドには永遠に帰れなくなりました。ああ、この胸のうち、貴様の希望も、ついに消え去ってしまったのか！

マルコム　マクダフ、その濁りのない歎きよう、確かに誠実の証《あか》しと見た、暗い疑惑の靄《もや》もはれたからには、その真心と忠誠をありのまま受けいれよう。憎むべきはマクベス、数々の奸計《かんけい》をもって、このマルコムを罠《わな》にかけようとたくらんでいる、そのため、軽々しく人を信ぜぬよう用心しないわけにゆかないのだ、が、もうよい、おたがいに心を神に預けよう！　これからといわず、ただ今すぐ、言われたとおり行動するつもりでいる、さっき述べた自分の悪口は、すべて取消しにする、己れに帰した悪徳も欠陥も、すべて与り知らぬものだ。まだ女も知らぬ、偽誓したこともない、自分のものさえ、めったにほしいとは思わぬ、もちろん約束を破ったことなど一度もない、相手が悪魔でも裏切る気にはなれぬ、誠実を命同様に愛している、心にもない偽りを口にしたのは、きょうがはじめてだ、このありのままの自分を、その手にゆだね、みじめな祖国に捧げるつもりだ。じつは、さっき会うまえ、すでに老シュアードが一万の精鋭を選《え》りすぐり、祖国に向けて出発したのだ、われわれもすぐあとを追おう、名分はこちらにある、願わくは、勝利もこの手に！　なぜ黙っているのだ？

マクダフ　希望と絶望とが同時にやって来て、どうしてよいのか。

　　侍医が宮殿から出て来る。

マルコム　では、詳しい話はあとで。王はお出ましか？
侍医　はい。かわいそうなひとびとが、一杯つめかけ、御療治を待っております、いずれも医術から見はなされた病い、それが御手をふれただけで、たちまち癒《い》えます、どういう聖なる力を天からお授かりあそばしたのか。
マルコム　お邪魔しました。（侍医、去る）
マクダフ　いったいどういう病気です、あの医者の話は？
マルコム　世にいう「王の病い」というやつだ、奇蹟《きせき》というほかはない、王が病気を治すのだ、イングランドに来て以来、この眼で何度も事実を見ている。つまりは天の心を心としておられるわけだが、どうしてそんなことが出来るのか、知るよしもない、わけのわからぬ病いに悩むともがらを、それも体中はれあがり、うみただれ、医者も匙《さじ》を投げた、二目と見られぬ重病人をだ、王はただその首に金貨をひとつのせてやり、心をこめて祈られる、それだけで治るのだ。話によると、このあらたかな能力を、子々孫々にお伝えになるという。なお、この不思議な力のほかにも、王は預言の通力《つうりき》を天から授かっている、つまり、さまざまな神の恵みが王座をとりまいているわけだが、それこそ、この王が徳に溢れた方である何よりの証拠であろう。

ロスが近づいて来る。

マクダフ　あそこに誰か。

マルコム　国から来た者らしいが、誰かよくわからぬ。

マクダフ　おお、ロスか、よく来られた。

マルコム　ああ、やっとわかった、知らぬ他国でおたがいの心を隔てる垣《かき》が、今こそ無くなるように！

ロス　ともに祈ります。

マクダフ　国内の事情は相変らずか？

ロス　みじめな国だ、われながら恐れて実情を知るまいとしている！　義理にも母国とは言えない、まるで墓地だ、何も知らぬ赤ん坊なら、いざ知らず、どこを見まわしても、笑えるものが何もない、あるのは溜息《ためいき》や呻《うめ》き声《ごえ》、空をつんざく叫びだけ、しかも誰も気にとめるものもなく、どんな激しい悲しみも、ありきたりの狂態としか受けとられない。葬式の鐘が鳴っても、誰が死んだとたずねるものも、めったにいない、善良な人々の命も、その帽子にさした花より早く枯れ凋《しぼ》み、病気でもないのに人がかたはしから死んでゆく。

マクダフ　辛辣《しんらつ》すぎるが、そんなことと思っていた！

マルコム　最近、何か、ことに悲惨なことでも？

ロス　一時間前のことなど、うっかり深刻ぶって話そうものなら、それこそ物笑いの種、一刻一刻、新しい惨事が起っております。

マクダフ　家の者はどうしている。

ロス　もちろん、無事でいる。

マクダフ　子供たちもか？

ロス　同様、無事だ。

マクダフ　暴君もまだそこまでは魔の手をのばさずにいると言うのか？

ロス　まだだ、みんな無事だった、お別れするまでは。

マクダフ　言葉を濁さないでくれ。いったいどうなのだ？

ロス　こちらへ来るとき、悲しい知らせを伝えねばならぬ心の重荷に、思いがけぬ嬉《うれ》しい噂《うわさ》をきいた、正義の士たちが一挙に立ちあがったとか、それはどうやら信じてよいらしい。じじつ、途中で、暴君の手兵が出陣するのに出あったのです。マルコム様、今こそ援軍を送らねばならぬ時です。スコットランドにお姿をお現わしになるだけで、兵はたちまち馳せ参じます、女も武器を取って立ちあがりましょう、塗炭の苦しみをのがれるためとあらば。
マルコム　皆に喜んでもらえよう、援軍はすでに出発した。イングランド王はシュアードを頭《かしら》とする一万の軍を貸してくれた、全クリスト教国を見まわしても、あれほど百戦錬磨《れんま》の名将はあるまい。
ロス　何という喜び、それにお応《こた》えすることが出来たなら！　残念ながら、こちらのお知らせは、誰も聴く者のいない無人の野で、叫び散らしてしかるべきもの。
マクダフ　どういうことだ？　全体に関したことか、それとも誰か個人にまつわる悲しみか？
ロス　かりにも心正しいものなら、誰が歎《なげ》かずにおられよう、マクダフ、結局は御身のことだが。
マクダフ　おれのことなら、おれに隠すな、すぐ言ってくれ。
ロス　聴いたその耳で、この舌を憎んでくれるなよ、これほど辛《つら》い知らせ、今まで聴いたことはないはずだ。
マクダフ　うっ！　読めたぞ。
ロス　城がやられた、残酷にも一家みなごろしだ、これ以上、その様子を聴かせるのは、無慚《むざん》な最後を遂げたあのやさしい鹿《しか》の屍《しかばね》のうえに、またひとつ御身の死を重ねるようなもの。

マルコム　ああ、神はいないのか！　マクダフ！　顔を隠すな、ぞんぶんに泣け、捌《は》け口《ぐち》を鎖《とざ》された悲しみが、うちに溢れれば、ついには胸も張裂けよう。

マクダフ　子供もか？

ロス　家中、残らず、召使の末にいたるまで、いあわせた者はかたはしから。

マクダフ　それを、おれは見殺しにせねばならなかったのだ！　妻も殺されたのだな？

ロス　そうなのだ。

マルコム　マクダフ、力を落すな、まず仇《かたき》を討って、それを薬にこの悲しみを癒《い》やすよりほか手はないのだ。

マクダフ　奴には子供がない。あのかわいい子たちを？　おい、みんなと言ったな？　ええい、地獄の鳶《とび》め！　子供をみんな？　それなら、おれのかわいい雛《ひな》も母鳥も、あの鋭い爪《つめ》で、一摑《ひとつか》みにしたというのか？

マルコム　男らしくこらえてくれ、マクダフ。

マクダフ　そうしましょうとも、だが、男なら、やはり感じる、思い出さずにおられましょうか、あれたちがいたことを、自分より大事なものが。天はそれを見ていながら、身方になろうとしなかったのか？　業《ごう》の深いマクダフ、貴様のために、みんな殺されたのだぞ！　なんというやくざだ、おれは、あれたちの罪ではない、おれが悪かったために、皆が酷《むご》い目にあったのだ、頼む、安らかに眠ってくれよ！

マルコム　この恨みを剣の砥石《といし》にして、悲哀を怒りに変えるのだ、心を眠らせるな、激しく燃えあがらせてくれ。

マクダフ　ああ、女のように眼を泣きはらし、口さきだけで、大口たたけたら、どんなに気楽か！　いや、天に慈悲があるならば、あらゆる邪魔ものを取り除き、すぐさま、このおれを、あのスコットランドの悪鬼の鼻づらに突きつけてくれ、この剣のとどくところに、あいつを立たせてくれ、それで逃げられたら、たとえ天があいつを許しても、文句は言わぬぞ！

マルコム　それでこそ男だ。さあ、イングランド王の御前へ行こう、兵たちは待っている、暇乞《いとまご》いさえすればよいのだ。マクベスは熟れた果実、一揺りすれば落ちる。天使の軍勢はこちらの身方、われわれを励ましてくれよう。出来るだけ元気を出してくれ、どんな長夜も、かならず明けるのだ。（一同退場）

〔第五幕 第一場〕

21

ダンシネイン、城内の一室

マクベス夫人の侍医と侍女が入って来る。

侍医 ここ二晩、御一緒におそばに附添《つきそ》っていたが、お話のようなことはなかった。このまえ起きあがって歩かれたというのは、いつのことだったな？

侍女 王様が戦場にお出かけになって以来、ずっと毎夜のこと、急にお床から立ちあがられたかとおもうと、夜着をお羽織りになり、戸棚《とだな》の鍵《かぎ》をお開けになるのです、それから、おだしになった紙を二つに折って、何やらお書きになり、もう一度お目を通され、封印なさって、そのあとでようやくお床にお戻《もど》りになるのです、しかもそれがみんな、すっかり眠ったまま。

侍医 それこそ精神錯乱の兆候じゃ、眠ったままで目が醒《さ》めているときと同様の行動をなさるなどとは！ そうして歩きまわったりされるほか、いつにせよ、何か口になさるのをお聴きになったことがあるかな？

侍女　こればかりは、そのまま御報告申しあげるわけにはまいりませぬ。

侍医　わしなら構わぬはずじゃ。それこそ当然のことだ。

侍女　いいえ、あなた様にも、またどなたにも申しあげられませぬ、何も証拠のないことですから。

　マクベス夫人が手に蠟燭《ろうそく》をもって現われる。

侍女　御覧なさいまし、あそこに！　いつもあんなふうに、しかも、あれで、確かに眠っていらっしゃるのです。よくご覧になって、こちらに隠れて。

侍医　どうして燈《あか》りを手にお入れになったのか？

侍女　だって、おそばにございますもの。いつも燈りをお離しになりません、とても厳しくおっしゃって。

侍医　御覧、眼はちゃんと開いておられる。

侍女　ええ、でも、何もお見えになりはしない。

侍医　何をしておられるのだ？　それ、手をこすり合せておいでになる。

侍女　いつもあんなことをなさいます、きっと手を洗っておいでなのでございましょう、いつもですと、このまま十五分くらい。

夫人　まだ、ここに、しみが。

侍医　お聴き、何か！　ありのまま書いておこう、忘れぬように。

夫人　消えてしまえ、呪《のろ》わしいしみ！　早く消えろというのに！　一つ、二つ、おや、もう時間だ。地獄って、なんて陰気なのだろう！　ええい、情けない、あなた、情けないったらありはしない！　武人だというのに、こわがるなんて、それでよいのですか？　誰が知ろうと恐れることがあって？　権力に向って罪を責めるものがあるとでも？　でも、誰だって思いもよらないでしょうね、年寄りにあれほど血があるなどと？

侍医　聴いたかあれを？

夫人　ファイフの領主には妻があった、どこへ行ってしまったのか？　まあ、どうしてきれいにならないのかしら、この手は？　もうたくさん、あなた、もうたくさんです。そんなにびくびくしていたのでは、何もかも台なしです。

侍医　やれ、やれ、知らでものことを知ってしまったな。

侍女　言わでものことをおっしゃるから。今まで、どんなことを見聴きしていらしたことか！

夫人　まだ血の臭《にお》いがする、アラビアの香料をみんな振りかけても、この小さな手に甘い香りを添えることは出来はしない。ああ！　ああ！　ああ！

侍医　なんという溜息だ！　心の重荷がそのまま伝わるような。

侍女　たとえどのような位をもらったからといって、この胸のうちにあんな重い心を持ちたくはない。

侍医　そうとも、まったく、そうだ――

侍女　一日も早くお治りなさいますように。

侍医　この病気はわしの力のおよばぬものだ。しかし、夢遊病にかかったおひとで、最後は安らかに死んでいった者もある。

夫人　さあ、手をお洗いになって、夜着を着ていらっしゃい、そんな顔色なさっていてはだめ。わかりまして、バンクォーはもう墓のなか、出て来られるはずはない。

侍医　そうだったのか？

夫人　寝室へ、早く、早く。門を叩《たた》く音が。さ、さ、あちらへ、お手を。してしまった以上、もうとりかえしはつかないのです。早く寝室へ、早く。（退場）

侍医　あのままおやすみになるのかな？

侍女　それはもう、すぐに。

侍医　忌《いま》わしい流言がひろがっている。不自然な行為は不自然な煩《わずら》いを生むものだ。

病いにかかった心は、つんぼの枕《まくら》に己《おの》が秘密を打ちあける。お妃《きさき》には医者より僧侶《そうりょ》が必要だ。神よ、人間の罪をお許しくださるように！ お妃の看護を頼みます、体を傷つけるようなものは、おそばに置かぬようにして、たえず監視が必要ですぞ。では、おやすみ、眼も心も、驚愕《きょうがく》のあまり、すっかり落ちつきを失ってしまった、思いあたることもあるが、口には出せぬ。

侍女 おやすみなさいまし。（二人退場）

〔第五幕 第二場〕

22

ダンシネイン附近

太鼓と軍旗。つづいてメンティース、ケイスネス、アンガス、レノクス、その兵士たち。

メンティース イングランド軍は間もなく到着のはず、指揮はマルコム様、叔父君のシュアード殿、マクダフの三人だ。いずれも胸中に復讐《ふくしゅう》の焰《ほのお》を燃えあがらせている。その申し分には誰も心を動かさずにはおられまい、死人も立って剣をたずさえ、血なまぐさい戦場に馳《は》せ参じようというもの。

アンガス　たぶんバーナムの森のあたりで一緒になろう、察するに、その方向にむかって進んでいるらしいからな。

ケイスネス　ドヌルベイン殿もお兄上の軍と一緒だろうか？

レノクス　いや、ちがう、援軍中、名門の名を書きだした表を手に入れたが、それにはない、しかし、シュアード殿の御子息をはじめとし、やっと成年に達したばかりの若武者たちがたくさん加わっている。

メンティース　敵の様子は？

ケイスネス　マクベスはダンシネイン城に堅固な防備態勢をしいている、気が狂ったと言う者もある、それほどひどく言わぬまでも、憤怒《ふんぬ》の鬼と化したとか、いずれにせよ、その錯乱ぶりはもはや、自制の帯で締めかねるありさまらしい。

アンガス　奴もやっと思い知ったであろう、その手でひそかに葬った人々の血が、わが身に硬《かた》くこびりついて落ちないのを。刻々に起る叛乱《はんらん》の火の手が、その不義不忠を責めたてる、己れの率いる軍兵どもも、ただ命令で動くだけのこと、心のつながりなど、まったく無い、王とは名ばかり、それもいつ自分の肩からずり落ちることか、巨人の衣裳《いしょう》を盗んで着用におよんだ小人のみじめさ、今となってはひとごとではあるまい。

メンティース　奴の乱れた神経がおびえいらだつのも当然というわけだ、己れのうちにあるものすべてが、みずからの姿を忌《い》み嫌《きら》っているようではな。
ケイスネス　そろそろ出陣するか、我々の忠節を正当な主人に捧《ささ》げることにしよう、この病める祖国に良医を迎え、隅々《すみずみ》にまで浸《し》みこんだ病毒を洗い落そう、その手術のためなら、我々の血の最後の一滴まで捧げて悔いぬぞ。
レノクス　もちろんだ、尊い花に露を含ませ、雑草を根だやしにするために。さ、バーナムの森に向って。（一同、進軍裡《しんぐんり》に退場）

〔第五幕　第三場〕

23

ダンシネイン、城内の中庭
マクベス、侍医、侍者登場。

マクベス　もうよい、何も知らせるな、裏切者はみんな放《ほう》っておけ、バーナムの森が動いてダンシネインに来るまでは、何も恐れるに足らぬ。若僧のマルコムが何だというのだ？　奴とて、女の腹から生れた人間ではないか？　この世の出来事を末の末まで見とおしたあの物《もの》の怪《け》どもが言ったのだ、「恐れるな、マクベス、女の生み落した者のなかには、お前に刃向う者はいない」とな。さっさと逃げだすがいい、裏切者の領主ども、イングランドの道楽者とつきあったらいい。見ろ、このとおり気も心も確かだぞ、疑惑にぐらついたり、恐怖におののいたりするものか。〔V－3〕23

召使登場。

マクベス　悪魔の黒い顔にあやかったらどうだ、腑《ふ》ぬけめ、その生白い面《つら》で何が出来る！　おい、どこで拾ってきたのだ、その鵞鳥面《がちょうづら》は？

召使　ただいま一万の——

マクベス　鵞鳥でも押寄せて来たのか？

召使　いえ、敵兵が。

マクベス　その面の皮をひんむいて、すこしは血の気をかよわせて来い、この弱虫め！　敵兵と言ったな、しっかりしろ、どこの軍勢だ？　ええい、死んでしまえ！　その白ちゃけた頰《ほお》の色、どう見ても、臆病神《おくびょうがみ》の廻《まわ》し者だ。どこの軍勢だときいているではないか？

召使　イングランド兵、でございます。

マクベス　その面をひっこめろ。（召使去る）シートン！——（沈んで）見ただけで、心が暗くなる、あんな——シートンはいないのか！——この一戦ですべては決る、永遠に明るい春が訪れるか、それとも、これをかぎりに没落か。おれも長いこと生きてきたものだ、足もとには黄ばんだ枯葉が散りはじめ、老いが忍び寄ってくる、それなのに、この静かな時期にふさわしい栄誉もなければ、尊敬も従順も得られない、いや、ささやかな友情すら与えられそうもない、それどころか、呪詛《じゅそ》の声が、高くはないが、深く国中によどみ、口さきだけの尊敬や空世辞《からせじ》がそれを蔽《おお》っている、その虚偽を、おれの弱い心は卻《しりぞ》けようとしながら、それがどうしても出来ぬのだ。シートン！

シートン登場。

シートン　何か御用で？
マクベス　その後、何か知らせはないか？
シートン　さきほどよりの報告、いずれも事実と判明いたしました。
マクベス　あくまで戦うぞ、この肉が、骨から削《そ》ぎとられるまで、鎧《よろい》を持って来い。
シートン　まだ大丈夫と存じます。
マクベス　いや、着る。もっと騎兵をだせ、くまなく監視させるのだ、臆病風を吹かす奴は、かたはしから縛り首にするがよい。さあ、おれの鎧を……（シートンは鎧を取りにひっこむ）病人はどうだな？

侍医　御病気そのものは大したことではございませぬが、ひどい妄想《もうそう》にとりつかれておいでのようで、少しもおやすみになれませぬのが。

マクベス　それを治してくれぬか、心の病いは、医者にはどうにもならぬのか？　記憶の底から根ぶかい悲しみを抜きとり、脳に刻まれた苦痛の文字を消してやる、それができぬのか？　心を押しつぶす重い危険な石をとりのぞき、胸も晴れ晴れと、人を甘美な忘却《ぼうきゃく》の床に寝かしつける、そういう薬はないというのか？

侍医　それは、病む者みずから心がけるよりほか、しかたはございませぬ。

そこへシートンが鎧を持って戻って来る。武具係も一緒に現われ、すぐマクベスに鎧を着せにかかる。

マクベス　そんな医学は犬にくれてしまえ、おれに用はないぞ。さあ、鎧を着せてくれ、元帥杖《げんすいじょう》をよこせ。シートン、騎兵を。おい、お医者殿、領主たちが、かたはしから逃亡だ。（武具係に）早く着せろ——お医者殿、出来たら、この国の小水を検査して、病因を突きとめ、毒をすっかり洗い流して、健やかなもとの姿にもどしてもらいたいものだ、そんな芸当が出来たら、おれはいくらでも拍手喝采《かっさい》してやるぞ――（武具係に）ええい、脱がせろと言うのに――大黄《だいおう》でもセンナでも、何でもかまわぬ、この国からイングランド兵どもを洗い流してしまう下剤はないのか？　奴らの噂《うわさ》は聴いていような？

侍医　はい、応戦の御用意、それとなく拝察いたしております。

マクベス　あとから持って来い。死も破滅も恐れるものか、バーナムの森がダンシネインにやって来るまでは。（退場。シートン、あとを追う。武具係もそれに続く）

侍医　このわしはダンシネインと手を切りたいくらいじゃ、それが出来たら、何をくれると言おうと、二度とこんなところへ来はしないぞ。（退場）

〔第五幕　第四場〕

24

バーナム附近

太鼓、軍旗。

マルコム、シュアード、マクダフ、シュアードの息《そく》、メンティース、ケイスネス、アンガス、レノクス、ロス、その他の兵士、進軍しつつ登場。

マルコム　どうやら枕を高くして寝られる日が近づいたようだな。
メンティース　もう安心でございます。
シュアード　この森は？
メンティース　バーナムの森と申します。
マルコム　全軍に命じて、めいめい木の枝を頭上にかざして進軍するようにしてくれ、こちらの兵力を隠し、敵の偵察陣《ていさつじん》に、まちがった報告をさせてやろう。
兵士　は、すぐそのように。
シュアード　暴君め、何を頼みにか、じっとダンシネイン城にたてこもり、鳴りを鎮《しず》めて、こちらの仕かけるのを待っているらしい。
マルコム　それだけが頼みの綱と見えます、今は折さえあれば、上下ともども寝返りを策し、奴とともに残っているのは、よくよく止《や》むをえぬ事情にある者ばかり、それももう心はそこにないのだ。
マクダフ　ま、臆測《おくそく》はあとまわし、ともあれ、事実にぶつかって、武人らしく一暴れしてみたいもの。
シュアード　時は近づいている、否《いや》も応《おう》もない、貸し借りの決着はもうすぐつく。あれこれ考えてみたところで、出てくるものは不確かな希望だけだ。確実な結果がほしければ、この拳《こぶし》によって決するしかない。さあ、それには、まず進軍だ。（行進しながら退場）

〔第五幕　第五場〕

25

ダンシネイン、城内の中庭

太鼓や軍旗とともに、マクベス、シートン、兵士たちが登場。

マクベス　外壁に旗をかかげるのだ。まだわめいているな、「敵が来た」と。笑わせるな、この金城鉄壁、いくら攻めたてようと、びくともするものか、いつまでもそこに腰を落ちつけているがいい、いずれは飢え死にだ、瘧《おこり》にかかってくたばるのだ。ふむ、裏切者の力を借りての無理押しか。さもなければ、こちらから反撃を食わせてやったのだ、ひげとひげとを突合せ、奴らを国まで追いかえしてやったろうに。（奥で女たちの叫び声）何だ、あの声は？

シートン　女どもの泣き声で。（急いで出て行く）

25〔V-5〕

マクベス　(独白)　恐怖というものを、おれはほとんど忘れてしまった、かつては、闇夜《やみよ》を走る叫びを聞いて、ぞっとしたこともある、恐ろしい話を聞けば、髪の毛が生あるもののごとく逆立ち動いたものだ、が、今はありとあらゆる恐ろしいことが、この身内に浸みこんでしまい、何が起ろうと、人殺しのおれには日常茶飯事、もうぎくりともしないのだ。

シートンが戻《もど》って来る。

マクベス　何を泣いていたのだ？
シートン　は、お妃様が、お亡《な》くなりあそばして。
マクベス　あれも、いつかは死なねばならなかったのだ、一度は来ると思っていた、そういう知らせを聞くときが。あすが来、あすが去り、そしてまたあすが、こうして一日一日と小きざみに、時の階《きざはし》を滑り落ちて行く、この世の終りに辿《たど》り着くまで。いつも、きのうという日が、愚か者の塵《ちり》にまみれて死ぬ道筋を照らしてきたのだ。消えろ、消えろ、つかの間の燈《とも》し火《び》！　人の生涯《しょうがい》は動きまわる影にすぎぬ。あわれな役者だ、ほんの自分の出場《でば》のときだけ、舞台の上で、みえを切ったり、喚《わめ》いたり、そしてとどのつまりは消えてなくなる。白痴のおしゃべり同然、がやがやわやわや、すさまじいばかり、何の取りとめもありはせぬ。

使者登場。

マクベス どうせ舌を動かしに来たのだろう、さっさと話すがよい。

使者 はい、この眼で見たとおりをお知らせせねばなりませぬが、それが、どう申しあげたらよいのか。

マクベス ま、申しあげてみるのだな。

使者 見張りの役で、山からバーナムの方を窺《うかが》っておりますと、なんと、急に森が動き出したように。

マクベス 嘘《うそ》を言うな、こいつ！

使者 もし嘘でしたら、どんなお怒りをも厭《いと》いませぬ、ここから三マイルばかりのところを、たしかにこちらへ。は、森が動いて。

マクベス もしそれが嘘だったら、すぐ手近の木に、貴様を吊《つる》して、飢え死にするまで放っておくぞ。そのかわり、貴様の言うとおりなら、よし、このおれをそうするがよい。う、ぐらつきだしたぞ、おれの決心も。あの鬼婆《おにばばあ》め、どうにでも言抜け出来るように、真実めかして、嘘を言ったのではないか、「恐れるな、マクベス、バーナムの森がダンシネインにやって来るまでは」などと、その森が、今、ダンシネインに向って動いている。よし、最後の一戦だ、さあ、打って出ろ！　こいつの言うとおりのことが起ったなら、逃げようと踏みとどまろうと、もうだめだ。日の光を見るのが、いやになった、この世の秩序がめちゃめちゃになってしまえばよい。おい、警鐘をならせ！　風よ、吹け！　破滅よ、落ちかかれ！　せめて、鎧《よろい》を着て死んでやるぞ。

（一同、急ぎ入る）

〔第五幕　第六場〕

26

ダンシネイン、城門の前

太鼓と軍旗。マルコム、シュアード、マクダフ、その兵士たち、枝をかざして登場。

マルコム　もう、よい、かざしの枝を棄《す》てて、姿を現わすのだ。叔父上、御子息とともに第一軍を指揮していただきたい、あとの手はずは、マクダフと一緒に予定どおり進めます。

シュアード　元気でな。今夜にも敵兵に出あえば、倒れるまで斬《き》りまくってやるぞ。

マクダフ　さあ、全軍、ラッパを吹きならせ、その騒がしい雄叫《おたけ》びこそ、流血と死のさきぶれ役だ。（一同進軍、トランペットの響）

27

〔第五幕 第七場〕

前場に同じ

マクベスが城門から出て来る。

マクベス　とうとう杭《くい》に縛りつけられてしまった、もう逃げられぬ、こうなったら熊《くま》よろしく、嚙《か》みつく犬どもを叩《たた》きのめしてやるだけだ。女から生れなかった奴というのは、どこのどいつだ？　そいつだけだ、おれの恐れるのは、ほかにこわい者はないぞ。

シュアードの息が出て来る。

小シュアード　何者だ？　名のれ。

マクベス　聴けば腰をぬかすぞ。

小シュアード　誰が。燃える地獄の悪魔より恐ろしい名を言っても平気だぞ。
マクベス　おれの名はマクベスだ。
小シュアード　悪魔の名のりを聴いても、こんなに憎くはない。
マクベス　そうだ、こんなにこわくはあるまい。
小シュアード　何を言う、けがらわしい暴君め、この剣の先で、その舌の根を止めてやる。（二人たたかう。小シュアード、ついに殺される）
マクベス　貴様も女の生み落した小倅《こせがれ》。どんなに剣をふりまわそうと、どんな武器を持って来ようと、女から生れた奴が相手なら、鼻のさきで笑ってやるだけだ。

マクベスがひっこむとすぐ、その方角から、さらに激しく打ちあう物音がきこえてくる。反対の方からマクダフが登場。

マクダフ　あっちだな、あの物音は。暴君め、面《つら》を見せろ！　まだ死ぬのではないぞ、一太刀あびせぬうちに死なれては、死んだ妻子の亡霊に生涯つきまとわれようぞ。傭《やと》われて槍《やり》をかついでいるみじめな百姓兵などは相手にできぬ、マクベス、おれの敵は貴様だけだぞ、その貴様に会えなければ、この剣は血を見ずに、もとどおり鞘《さや》におさめるのだ。うむ、やはりあっちだな、あの激しい物音、よほど手ごわい奴にちがいない。天に頼むぞ、あいつに会わせてくれ！　それだけだ、おれの願いは。（マクベスのひっこんだ方角に退場。奥で軍鼓やトランペットの音）

マルコムとシュアードが出て来る。

シュアード　こちらだ、マルコム、城は難なく明け渡された、暴君の手兵どもは二派に分れて戦い、身方の領主たちもなかなか勇敢だった、まず、これで勝負は御身のもの、いずれあとはすぐに片附《かたづ》こう。

マルコム　わざとこちらを避けて通る敵も、だいぶおりました。

シュアード　さ、城へ。（二人、城門を潜《くぐ》って入る。軍鼓やトランペットの音）

28

〔第五幕　第八場〕

前場に同じ

マクベスが戻って来る。

マクベス　誰がローマの馬鹿者《ばかもの》どものまねをして、己れの剣で死ぬものか、眼の前に生贄《いけにえ》があるかぎり、そいつをぶった斬ったほうがましだ。

　マクダフが追って出る。

マクダフ　待て、地獄の犬め、待てというのに。

マクベス　貴様だけは避けてきたのだ。ひけ、おれの心は、貴様の一族の血を、飽きるほど浴びている。

マクダフ　おれは何も言わぬ、この剣に聴け、ええい、血に狂った極悪非道の鬼畜生！　（二人、激しく戦う。奥で軍鼓やトランペットの音）

マクベス　いくらあがこうと、むだだ。貴様の剣がどれほど鋭かろうと、この手ごたえなしの空気は斬れぬ、おれの体に傷はつけられぬぞ。その手に負える相手をねらえ、おれの命はまじないつきだ、女から生れた人間には手がつけられないのだぞ。

マクダフ　ふむ、そんなまじないの効きめ、いつまで続くものか、もうだめだぞ。貴様が大事に奉《たてまつ》っている悪魔の手先に、もう一度うかがいをたててみろ、このマクダフは生れるさきに、月たらずで、母の胎内からひきずりだされた男だぞ。

マクベス　畜生、憎いその舌の根、その一言で勇気もくじけた！　あのいかさまの鬼婆め、もう信用しないぞ、このおれをことごとに二重の罠《わな》に引掛け、約束は言葉どおりに守りながら、最後には、まんまと裏をかく。よせ、貴様を相手にしたくはない。

マクダフ　卑怯者《ひきょうもの》、それなら剣を棄て、生きて世間の見せものになれ。怪物よろしく、貴様の絵姿を看板にかかげ、その下にこう書いてやる、「さあ、さあ、暴君を御覧よ」とな。

マクベス　誰が膝《ひざ》まずいてマルコムの足をなめ、衆愚のやじを浴びるものか。たとえバーナムの森がダンシネインの城に迫ろうと、女から生れぬ貴様を相手にしようと、さあ、これが最後の運試しだ。このとおり頼みの楯《たて》も投げすてる、打ってこい、マクダフ、途中で「待て」と弱音を吐いたら地獄落ちだぞ。（二人は城壁の下を、右に左に斬り結ぶ。マクベス、ついに殺される）

〔第五幕　第九場〕

29

ダンシネイン城内

戦闘中止のトランペット。太鼓、軍旗、つづいてマルコム、シュアード、ロス、その他の領主、兵士など登場。

29〔V-9〕

マルコム　見うしなった身方の面々、無事であってくれればよいが。
シュアード　多少の出血はやむをえぬ、が、打見たところ、かほどの大勝利にしては、損失は微々たるものだ。
マルコム　マクダフがいない、それに御子息も。
ロス　御令息は武人の義務を果されました、いまだ御成年にも達せられぬに、斬りむすんで一歩も退《ひ》かれぬ、みごとな御奮戦ぶり、あっぱれ、男子の御最期《ごさいご》でした。
シュアード　死んだのか？
ロス　御遺骸《ごいがい》はすでにお引取りいたしました、あの立派なお人柄《ひとがら》、さだめしお歎《なげ》きの種とは存じますが、それでは果てしがございませぬ。
シュアード　向う傷だったか？
ロス　もちろん、額に。
シュアード　そうか、それなら神の手兵としてお使いいただけよう！　たとえ髪の毛ほど息子をたくさんもとうと、これ以上きれいな最期を望むまい、この言葉を、あれを弔う鐘の音に。
マルコム　いや、まだ悲しみたりぬ、この身が代って哀悼の意を。
シュアード　もう十分。己れの務めを果し、いさぎよく散っていったという、このうえは神のおそばに！　おお、そこに、うれしい知らせが。

マクダフが現われる。旗竿《はたざお》のうえにマクベスの首をくりつけている。

マクダフ　国王万歳！　もう御身が王でいらっしゃいますぞ。これを御覧くださいまし、呪《のろ》うべき王位簒奪者《さんだつしゃ》の首でございます。この世の縛《いまし》めは解き放たれました、それ、これら勇士の面々、はやくも王冠を飾る宝石よろしく、新王をとりまき、胸に溢《あふ》るるばかりのお喜びの御挨拶《ごあいさつ》を申しあげようと待ちかまえております、この身が音頭《おんど》をとって、その堰《せき》を切りましょう。スコットランド王、万歳！

一同　万歳、スコットランド王！（トランペットの吹奏）

マルコム　いずれ遠からぬうち、一同の忠節、それぞれ明らかにしたうえで、十分お報いするつもりだ。親族、および領主は伯爵《はくしゃく》に任じよう、スコットランドはじめての栄誉だ。さらにこの夜明けを迎えるため、まずなさねばならぬことがある、暴君の監視の羂をのがれて、海外に難を避けた身方の者を呼びもどすと同時に、この残虐《ざんぎゃく》な人殺しと鬼のごとき妃《きさき》のために手先となって働いた冷血漢どもを、裁きの庭に引出すのだ、聞けば、妃はみずから、その狂暴な手で、己《おの》が命を絶ったというが。いや、そのほか、神意の潤《うるお》うところ、何事にもあれ必要とあらば、手段、時、場所を得てそれぞ

れ適切に取運びたい、何より、一同に礼を言う、スコーンの戴冠式《たいかんしき》には洩《も》れなく参列 〔V-9〕29
するように。（トランペットの吹奏、一同、行進裡《こうしんり》に退場）

解題

福田恆存

一

マクベスはシェイクスピアの四大悲劇の一つとして、『ハムレット』『リア王』『オセロー』と並称されている。そのうちでも、一番最後に書かれたものらしい。最初に上梓《じょうし》されたのはシェイクスピア歿後《ぼつご》の一六二三年に出た二折本全集においてである。上演の記録として明瞭《めいりょう》に残っているのは、シモン・フォーマンという占星学者の観劇記で、それによれば、フォーマンは一六一一年四月二十日にグローブ座で『マクベス』劇を観《み》た事になっている。

このことは次の事実と符合する。二折本の『マクベス』劇は、同時代の劇作家で『魔女』の作者ミドルトンの補筆があると推定されており、その『魔女』という作品は一六〇九年から一六一〇年にかけて上演されたと見る事が出来る。即《すなわ》ち、フォーマンがグローブ座で観た『マクベス』劇は、恐らく『魔女』の作者が手を入れた直後の初演のものだったに相違ない。
次の問題は、ミドルトン加筆前の『マクベス』劇は、いつ上演され、いつ書かれたかという事だが、これには色々の説がある。ドーヴァ・ウィルソンによると、一六〇六年という事になる。当時の王はジェームズ一世だったが、彼はそれまでスコットランド王であり、一六〇三年、エリザベス女王歿後、イングランド王をも兼ね、ステュアート王家の祖となった。一六〇六年、義兄弟のデンマーク王クリスチャンの来訪に際して、宮中に観劇の宴を催した。その一つに選ばれたのが『マクベス』劇だというのである。その証拠として第二幕第三場の有名な門番の場が挙げられている。

ほう、二枚舌のいかさま師かい。両天秤《りょうてんびん》かけやがって、やたらに誓いを立ててさ、神様のためには、嘘《うそ》も方便とかぬかしたっけが、その二枚舌じゃ、やっぱり天国にもぐりこめないってわけか。

たまたまこのせりふと符合する事実が当時あった。ジェスイット会のヘンリー・ガーネットが陰謀事件で偽誓し、絞首罪《こうしゅざい》に処せられたのである。この事実は、なお第四幕第二場におけるマクダフ夫人と息子との間の会話にも影響を与えている。母子は謀《む》反《ほん》、偽誓、絞首罪の事などを冗談まじりに語っているのだ。ガーネットの処刑は一六〇六年五月三日であった。デンマーク王クリスチャンの来訪は同年七月十七日から八月十一日までである。

第四幕第三場の「王の病い」に関するくだりや、同じくマルコムとマクダフとの間に交される国王の資格についてのやや退屈な会話などでは、作者はジェームズ王に媚《こ》びていると見なされよう。ジェームズ王は作中に出て来る「王の病い」の主エドワード懺悔《ざんげ》王《おう》の子孫であり、宗権と結び附《つ》いて国王の権威を樹立した人である。

ところで、この現在残存している『マクベス』が一六〇六年の天覧用台本にミドルトンが補筆したものだとしても、ただそれだけのものであるかどうかが問題になる。なるほど、右の第四幕第三場などは、どう見ても天覧用のため新しく附け加えられたものとしか思われぬとしても、その前に既に『マクベス』劇は書かれてあったのではないか、天覧のため新たに附け加えられた箇処があるにしても、同時に省略された場面もずいぶん多いのではないか、そういう臆測《おくそく》が当然出て来る。『マクベス』劇はシェイクスピアの悲劇としては、いかにも短か過ぎるからである。全行二〇八四行、『ハムレット』の半分より数百行多いだけであり、シェイクスピア全作品中、これより短いのは『あらし』の二〇一五行、『間違い続き』の一七五三行の二つで、しかも両者共に喜劇である。この作品が悲劇として短か過ぎる事は、宮中観劇用台本である証拠とも考えられる。宮中では一般興行よりも時間が限定されていたからである。

のみならず、もっと長い『マクベス』を想定しうる内的証拠が幾つかある。注意ぶかい読者なら、この台本を翻訳で読んだだけで、それに気附くかもしれない。第一に、マクベスはいつダンカン王の殺戮《さつりく》を決心したか。それをいつ夫人に打明けたか。また、夫人の言によれば、気の弱い彼が、どういう経路を辿《たど》って、その気になったか。第二に、マクベス夫人の性格に少々不明な点がありはしないか。第一の疑問と関連して、最初に陰謀を企てたのは夫人だったのか。夫人は自分で手を下すつもりだったのかどうか。第三に、バンクォーの態度が曖昧《あいまい》に見えはしないか。マクダフはなぜ妻子を見殺しにしたか。そういう劇の論理的構成という点から考えて、第一の『マクベス』劇から多くの場面が割愛され、一六〇六年の『マクベス』劇が出来たのではないかという想像が生れるのである。

もちろん、今日の『マクベス』劇はそれらの難点を補っている。むしろシェイクスピア作品中、最も密度の高い凝集力をもっていると言えよう。右に述べた心理や性格の不明確という事も、いわば論理的な観点に立ったものに過ぎない。その圧縮された詩的表現は、説明上の曖昧を超えて、読者や見物を統一した劇的発展の中に否応《いやおう》なく引きずりこんで行くのである。ドーヴァ・ウィルソンの言うように、一六一一年のミドルトン補筆とは違って、一六〇六年の補筆は、やはり天才シェイクスピアの手によったものだろう。一例を挙げれば、マクベス夫人が、夫を励ましてダンカンの寝室に追いやった後、「あいつたちの短剣は、あそこに出しておいた、見つからぬはずはない。あのときの寝顔が死んだ父に似てさえいなかったら、自分でやってしまったのだけれど」という夫人のせりふで、我々は既に夫人がダンカンの寝室にいた事を知ると同時に、夫人がこの陰謀において積極的でありながら、なおかつ人間の弱さを蔵している事を知る。

そのように、『マクベス』劇では、ただ一つのせりふが多くの説明的な場面に代っていて、我々は一行もうかつに読み過す事が出来ない。また、そういうせりふが多すぎるため、より長かった『マクベス』劇という臆測も出て来るのである。

そうなると、この第一の『マクベス』は一体いつ書かれたのかという事が問題になって来る。ドーヴァ・ウィルソンは、まずこの第一の『マクベス』も一六〇六年の第二のそれと同様、ジェームズ一世に捧《ささ》げられたものだと断定している。ジェームズ一世は宗教をただ権力のために利用したのではなく、生来、宗教心が厚かった。独裁的ではあったが、ある意味で名君でもあり、『自由なる君主国の真の法』や『悪魔研究』の著者でもあった。第一の『マクベス』そのもののうちに、そういう国王に対する顧慮が現われていたと考えられる。『魔女』の作者ミドルトンの補筆が入る前に、魔女は既に第一の『マクベス』の中に出ているのである。魔女の預言に唆《そそのか》されるというのは、『マクベス』創作の材料として用いられたホリンシェッドの年代史中にもあり、これ無くしては『マクベス』劇は成り立たない。作者が『悪魔研究』の著者ジェームズ一世の目を意識していた事は明瞭である。

さらに大きな根拠は、スコットランド王家の出であるジェームズ一世への讃美《さんび》が、この作品の筋書と密接に結び附いていることだ。マクベスはスコットランド王家に対する反逆者であり、それが倒れて、バンクォーの子孫が歴代の王統となるという魔女の預言は、そのとおりに実現された。アイルランドに逃げたフリーアンスはそこの王女と結婚し、その子孫はスコットランド王となるのである。その末のジェームズ一世がイングランド王家に乗りこんで来たのであるから、彼がこの作品によって大いに気を良くした事は確かだ。

それなら、『マクベス』はジェームズ一世がイングランド王になった後、即ち一六〇三年以後の作品という事になる。そこで、より長かった第一の『マクベス』劇は一六〇三年から一六〇六年までの間に書かれたと推定しうる。『マクベス』はこの三年間のいつかに書かれた。大体『ハムレット』に近い作品ということになる。

いや、その前かもしれぬとウィルソンは言う。彼によれば、『マクベス』第一幕第二場におけるマクベスの武者ぶりを伝えるせりふ「無雑作に真向《まっこう》から唐竹《からたけ》わり」は『ハムレット』第二幕第二場における役者のせりふ、即ちプライアムが倒れる場面の描写「唸《うな》りを生ずる激しき太刀風に、おもわずよろめき倒れたり」とともに、マーロー作の『ダイドーの悲劇』中のプライアムの死を描く箇処のせりふの中に出て来る言葉遣いに照応する。シェイクスピアはデンマーク王子ハムレットの性格を、プライアムを殺すピラスの残忍ぶりと対照したい気持から、マーローの詩句を借りたのであり、同様に、マクベスの残忍を、同じマーローの詩句に借りたという事になる。

さらに、ウィルソンが強調しているのは、ハムレットとマクベスの性格上の補足的対立である。両者は表裏をなすと言う。彼の言葉をそのまま用いれば、「一方は決して始める事の出来ぬ男であり、他は決して打切る事の出来ぬ男である」。その他、たとえば、マクベスはバンクォーを殺すために刺客を説得するが、それは『ハムレット』劇において、クローディアス王がレイアーティーズを利用しようとする時の説得の仕方と同じ手口であると言う。そういえば、結果や効果は違うが、『ハムレット』における亡霊の役割と『マクベス』劇における魔女の役割とは、劇的機能として同一である。

こうして、ウィルソンは第一の『マクベス』は『ハムレット』の直《す》ぐ後、一六〇一年か一六〇二年に書かれたと断定する。いずれにしても、ジェームズ即位前という事になるが、それではスコットランド王家の正統に対する讃美という事と、どうして一致するか。ウィルソンは大胆にこう推測している。シェイクスピアの劇団はエリザベス時代の末年、スコットランドのエディンバラに来ていた。その時、何を上演したかは解《わか》らないが、恐らく第一の『マクベス』が書かれ上演されたのだろうと言う。それなら、当時のスコットランド王ジェームズ一世への讃美というのも筋が通る。あるいは、シェイクスピア自身、そのとき劇団と一緒にスコットランドに来ていたのかもしれぬ。そして王家の鎧持《よろいも》ちがシートン家である事を知り、また、この劇の材料の一部として利用したらしいステュアート家の『スコットランド年代史』を、そこで手に入れたのかもしれない。ここまで来れば、全くの臆測に過ぎぬ。ウィルソン自身もそれを認めている。

以上の事を纏《まと》めると、『ハムレット』と殆《ほとん》ど時を同じくして書かれた第一の『マクベス』があり、それは一六〇一年か一六〇二年に書かれており、第二の短い『マクベス』は一六〇六年の宮中観劇用のためシェイクスピア自身が大幅の削除をしたものであり、第三に、それを基としたミドルトン補筆の『マクベス』が一六一〇年か一六一一年に書かれたという事になる。この第三のものは一六二三年の二折本のものであり、現在のそれである。が、ミドルトンの補筆というのは、今日までシェイクスピア学者たちの研究により、大したものではない事が明らかにされている。まず動かぬところは、第三幕第五場全部、第四幕第一場中の十二行位であろう。なお、そのとき省かれたものも想像できる。たとえば、マクベスがコーダの領主の裏切りを知らなかったのはおかしいといった程度のことで、その種の省略が四五箇処あると見られるが、それらは第一の『マクベス』から第二の『マクベス』を作る際、シェイクスピア自身が行なった省略と、果してどこまで見分けられようか。いずれにせよ、私達は、現在の『マクベス』を、まず信用してよいのである。

二

次に『マクベス』劇の材料について書いておく。すでに触れたように、シェイクスピアは、この劇の大部分をホリンシェッドの『イングランド・スコットランド・アイルランド年代史』に負うており、マクベス夫人の性格についてはステュアート家の『スコットランド年代史』から暗示を得たらしい。

それにしても、マクベスその人の史実については、殆ど知られていない。はっきりしている事は、彼が一〇四〇年から一〇五七年までの十七年間、スコットランド王であったこと、しかも、その間、武勇の誉れ高く、信仰心も強く、国王として立派な業績を挙げた事位なものである。なるほど、前王であり親戚《しんせき》であったダンカン一世を殺し、後にマルコム三世に復讐《ふくしゅう》された事は確かだが、当時としては、わが中世と同様、下剋上《げこくじょう》は決して珍しいことではなく、それだけでマクベスを悪人と見なす事は出来ない。

そればかりではない。むしろマクベスの側に正当な主張があったのである。ダンカン王の祖父マルコム二世は、当時の習慣により親族の強者に王位継承権が移ることを恐れ、孫のためにその強力者数名を殺した。ところが、そのうち一人の女を見逃した。この女は、後にマクベスに嫁《か》するが、先夫との間に一人の息子があった。マクベスは当時モーレーの領主に過ぎなかったが、母方の血の繋《つな》がりにより、マルコム二世の甥《おい》だったと言われている。そうでなくとも、彼は妻子の名により、正統な王位を主張しうる立場にあり、逆にダンカンこそ王位簒奪者《さんだつしゃ》だと言えるのである。また、これも当時としては当然であり、日本史にもその例は幾らもあろうが、歴史はその時代時代の権力者の手によって書き変えられるのが常である。とすれば、ステュアート家の年代史がマクベスを否定するのは当然である。

さて、シェイクスピアはホリンシェッド及びステュアート家の年代史による史実をどう変えているか。第一に、マクベスの治世十七年間を、僅《わず》か十週間位に圧縮し、劇的効果を強めている。第二に、そうする事によって、簒奪者マクベスの非運を強調している訳だが、そのために、ホリンシェッドのうちに僅かに認められるマクベスの正当な王位要求権を抹殺《まっさつ》し、同時にダンカンの弱い性格と国王としての弱点を隠蔽《いんぺい》し、むしろ名君中の名君として描いている。第三に、これは前にも触れたが、バンクォーの扱い方が史実に較《くら》べて曖昧になっている。ホリンシェッドによれば、バンクォーも王位簒奪の野心をもっていたのであり、マクベスの陰謀の相談にも与《あずか》っているのだ。それは『マクベス』劇の中にも幾分か形跡を残しているが、シェイクスピアはバンクォーの子孫であるジェームズ一世の目を慮《おもんぱか》って、その点を曖昧にしているだけではなく、むしろバンクォーの忠節、正義感を強調している。が、ドーヴァ・ウィルソンによれば、このバンクォーの性格は少しも曖昧ではない。あるいは曖昧であるままで、人間の真実を表わしていると言えよう。

三

マクベスの生き方がハムレットのそれと相互に「補足的対立」をなしているというのは、言い換えれば、後者が陽画であるとすれば、前者はその陰画をなしているという事だ。が、これは何もウィルソンの指摘に俟《ま》つまでもなく、既にブラッドレーも言っている事である。その『マクベス』論は次のような書き出しで始まる。

ある点において、『マクベス』は『オセロー』や『リア王』よりも、むしろ『ハムレット』を想《おも》わせるものがある。

私が始めて『マクベス』論を書いたのは二十四年も前の事であるが、それは終始ハムレットとの比較においてマクベスを論じたものである。その時の私はウィルソンを読んでいなかったが、たまたまブラッドレーを知って、『マクベス』に関する限り、そこにすべてが語られてある事を発見し、落胆すると同時に甚《はなは》だ意を強くした事を覚えている。私の『マクベス』論はその後昭和二十二年に手を入れて、「批評」第六十号に発表した。全篇《ぜんぺん》、ブラッドレー教授に語りかける形式を採ったのは、その書直しの時の事である。それはそのまま著作集第五巻『人間・この劇的なるもの』に収録してあるが（編集部註・現在は文藝春秋刊『福田恆存全集』第二巻に収録されている）、その冒頭の部分に書いたように、ブラッドレーのうちには私の言いたい事のすべてが語られているにもかかわらず、それらがいずれも「胚種《はいしゅ》」のままに止《とど》まっていて、私の目を楽しませるように開花してくれぬ。そういう「もどかしさ」があって、私としては彼を素通りする訳にもゆかず、といって私のマクベス観を彼のそれによって間に合わせておく訳にもゆかず、その反語的状況が私をしてブラッドレーに「絡《から》む」形式を採らしめたのである。

二十四年後の今それを読み直し、私のマクベス観そのものは殆ど変っていない事を知って、以下、その大部分を再録して解題に代えようと思う。ただ次の事を断わっておかねばならない。私の『マクベス』論は「自我の崩壊」という主題の提出に性急であるため、時に不用意な言葉遣いや言い過ぎがあり、読者のうちには、古典シェイクスピア劇を余りに現代的に解釈し過ぎていると思う人がいるかもしれぬ。その非難は確かに当っている。なぜなら、これを書いた当時、その事を私自身はっきり自覚していたからである。それは必ずしも弁解ではない。その自覚があったればこそ、私は絶えずブラッドレーに「絡む」という反語的形式を採ったのである。その手続きさえ完了すれば、後は素直にブラッドレーに還《かえ》って行くにしくはない、私自身そう思っている。ついでに言えば、『ハムレット』を「失敗作」だと断じたエリオットに倣《なら》って、私は『マクベス』こそ「失敗作」だと言っているが、エリオットの場合も恐らくはそうであったように、これもやはり反語的表現に過ぎない。

また事実、『マクベス』は評者にそういう反語的姿勢を採らせるものを含んでいるのである。『マクベス』のみならず、それこそシェイクスピア劇の特徴だと言ってもよい程である。いや、「悲劇的反語法」（トラジック・アイロニー）という言葉そのものに示されるように、反語的性格こそ悲劇のものと言うべきかもしれぬ。シェイクスピアに現代人の自意識を読みこむ事は、もちろんそれだけでは無意味な業《わざ》であるにしても、自意識を現代の「特権」と見なし、シェイクスピアの与り知らなかったものと思いこむのも間違いである。シェイクスピアの作品が他の古典劇を超えて、いや、近代劇や近代小説をも超えて、なお今日まで生き伸びて来、かつ将来も生き伸びて行くであろう秘密は、むしろその強烈な自意識に見られる近代的性格のゆえではないか。前置きはその位にしておく。以下が当時の『マクベス』論である。

＊

ブラッドレー教授よ。あなたは魔女に関する従来の二つの解釈に抗議している。その二つの解釈とは、第一に魔女をマクベスが抵抗しえぬ運命の神とするそれであり、第二にマクベス自身の無意識的、半意識的な罪悪の象徴的表現だとするそれである。手っ取早く言えば、前者はマクベスにとって全く外的な存在であり、後者は全く内的な存在である。それに対して、あなたはこう言っておられる――「魔女の言葉が主人公にとって致命的である所以《ゆえん》は、ただ、彼の心中に、その言葉を聞くや否《いな》や明るみに飛び出す何ものかが存在するからである。しかし、同時にそれは、彼の周囲の世界にも、それに屈服するや否や宿命の網に捲《ま》き込んで離さない力が存在して、絶えず活動を続けていることを証明するのである。この内的連結が一度会得《えとく》されるならば……」確かにそのとおりだ。が、あなたはこの事に関してもうこれ以上語る必要は無いとでも言うかのように、固く口を閉じてしまわれた。が、僕《ぼく》の『マクベス』に対する興味は、正にここから始まる。

マクベスにとって全く外のものとも、全く内のものとも言い切れぬというのは何を意味するのか。運命でもなく自由意思でもないものとは一体何事であろうか。いや、それについて僕の考えを述べる前に——ブラッドレー教授よ——まずあなたがいかに問題の核心に触れているかについて、あなたの「名誉」のために、数箇処引用させていただこう。第一に、あなたは『マクベス』のうちにしばしば用いられている「反語法《アイロニー》」を指摘している。マクベスが登場して最初に述べるせりふは「こんないやな、めでたい日もない」（第一幕第三場）という一言であり、これは第一場の魔女の言葉「きれいは穢《きた》ない、穢ないはきれい」に呼応する。確かにあなたの言うとおり、これを作者の意識せぬ偶然とは言いがたい。その他、至る所で「人物や事件の皮肉な組合せ」が見られる。が、それらは作者自身が意識しなかったものとは言いがたいどころではなく、シェイクスピアは正にその事のために『マクベス』を書いたのだ。なぜあなたはそこまで主張を推進《おしすす》めなかったのか。

第二に、あなたは『マクベス』における魔女の預言と『ハムレット』における亡霊の告知と、『オセロー』において主人公が引っ掛かるイアーゴーの虚言と、この三つを比較して、マクベスはその預言について全く自由な立場にある、彼は「ハムレットよりも更に自由でさえある」と言っている。あなたの言いたかった事は、マクベスが完全に魔女の運命的な支配下にあったのではないという事だ。が、自由とは何か、運命とは何か——そこまであなた自身の思想を展開する事を避けている。第三に、マクベス夫人がマクベスの、ともすれば挫《くじ》けがちな野心を鞭打《むちう》つ場面で（第一幕第七場）、あなたはマクベスの心の動揺と、それゆえの「哀れさ」を指摘して、彼が「如何《いか》に自己を了解していないか」が察せられると述べている。僕は、正にそこだ、そこが『マクベス』劇のキー・ポイントだと思った瞬間、あなたは事の真相を甚《はなは》だ日常道徳的な低い次元に還元してしまった。

第四に、マクベスは己《おの》が非道の野心を十分に感じているのであるから、もし夫人の助力が無かったならば、彼の恐怖感は到底、野心や魔女の預言の征服しうるところではなかろう、そうあなたは述べている。要するに、マクベスは彼自身の「盲目的な又裏切り易《やす》い情熱を通して破滅して行く」と見ることは出来ないのであって、その弑逆《しいぎゃく》行為は「恐怖の中に、そして些《いささ》かの欲望も功名感もなしに行われる――あたかも戦慄《せんりつ》すべき義務であるかのように行われる」と言ってよいと言う。そこだ――ここでも僕はそう呟《つぶや》いた。「義務であるかのように」――鋭い観察だ、とそう思ったにもかかわらず、あなたはもうその先へ一歩も進もうとしない。最後に、あなたはもう一度僕を緊張させる。マクベスが大逆を行なってしまったあとで、どうせもう「血の流れにここまで踏みこんでしまった以上、今さら引返せるものではない、思いきって渡ってしまうのだ」（第三幕第四場）と決心するが、この場面についてあなたはこう書いている――「地獄へ下る道すがらに、何と恐ろしくはっきりした自己意識であろう。しかも彼を駆り立てる生命と自己主張との本能は何という恐ろしい強さであろう」。が、そこでまたもや僕は失望を与えられた。

さて、僕は右の五つの印象から帰結せられる、あるいは、それらの印象の背後に一つの原理を想定するところの、僕自身のマクベス観を述べなければならぬ段どりになった。そのために僕は一つの迂《う》廻《かい》をしよう。まず『ハムレット』だ――エリオットは『ハムレット』における必然性の喪失を指摘し、それを「気分にまさしく相応する外的対象の欠如」に帰している。この事は、自己の宿命との激しい闘いのうちにともすれば己れを失いがちになり、意識はくらめき、想像力のみがいたずらに空転するハムレットの精神状態を巧みに突いたものであり、それは多かれ少なかれ、シェイクスピアの悲劇全体に適用しうる言であろう。が、他のどの作品よりも、『マクベス』こそその「非難」を甘受すべきものではなかったか。エリオットはそのゆえに『ハムレット』を「失敗作」だと断定する。ハムレットの混乱は、狂気とは言えなくとも佯狂《ようきょう》以上のものであり、その軽躁《けいそう》は周到な計画ではなく、「気分的負担解除」の一形式であると言うのだ。さらに、あの明確な外的対象をもたない、あるいはその対象を遥《はる》かに超えてしまった強烈な感情は、感受性の鋭敏なものなら誰《だれ》しも経験することであるが、普通人は大抵の場合そのような感情を眠らせてしまうか、時がいつしかそれをこの現実に適合するように弱めてしまう。これに反して芸術家は自分の性格と才能とにかけて、その感情をあくまで生かしきり、ついには世界を自分の気分にまで高める――シェイクスピアは『ハムレット』において果してそれをなしえたかというのが、エリオットの僕達に言いたかった事にほかならぬ。

なるほど『ハムレット』においては、感情が対象を凌駕《りょうが》している。彼は自己の宿命をも余りに意識し過ぎているのだ――宿命が個性の深みに混沌《こんとん》の渦《うず》を巻いているのを眺《なが》めては、その宿命の純粋な発現を一体いかなる行為に託したらよいか、ハムレットの悩みはそこにあった。彼はただ茫然自失《ぼうぜんじしつ》し、なすところを知らぬという有様だ。何をなそうとも、その行為が自分自身の志を純粋に表現していると信じ切れず、彼の純粋な夢を的確に、いささかの誤解もなく表現し切るようないかなる肉体的な行為もありえない。ここにハムレットは一寸の身動きも出来ぬかのように停止する。が、僕達が『ハムレット』を読む時、ハムレットの滑稽《こっけい》とも称すべき一事に出遭う。それは、あのポローニアスを刺したり、レイアーティーズに躍りかかったり、その挑戦《ちょうせん》を無造作に受諾したりする事である。その本来の性格とは殆《ほとん》ど逆とも思われるような、行動への軽々しい転化は、ドン・キホーテとの類似をさえ感じさせる。とはいえ、ここにこそハムレットの性格の鍵《かぎ》があると言えよう。彼は自己の宿命の深刻を意識し、それが過《あやま》った行為の一連を辿《たど》って実現されて行くことを極度に恐れているがゆえに容易には行為に移れない。しかし、もしその行為が自己の本来の宿命とは無縁のものであり、個性の発動とは無関係のものであると考えた時には、驚くほど軽快に、むしろ軽薄にすら、一つの行為を遂行しうるのである。が、重要な事は、ハムレットがかほどに用心に用心を重ね、慎重に宿命の不在を覘《ねら》って冗談半分に突き出した剣が、彼の意図に反して、宿命的な血に染められるという事だ。

こうして彼は恋人の父を殺し、恋人の

兄に殺される。宿命の不在どころか、それはまさしく宿命の核心だったのだ。

小さな現実が強大な個性を虜《とりこ》にする。それこそ『ハムレット』劇の主題であり、また『リア王』や『オセロー』の主題でもあった。感情が対象を超える事――それは失敗作への危機を蔵してもいようが、そのこと自身が主題であって、失敗の原因ではない。さらに言えば、外部的な運命のからくりが、内部的な宿命の足どりを罠《わな》に掛けたとも言いえよう。卑小なもの、狭小なものが強大なものを打ち倒す事、限られた現実が無限な精神、自由な個性を限定する事、これが実生活上の悲劇であるとすれば、この強力な精神がなおも囲みを破って生きんとするのが、芸術上の悲劇の創作にほかならず、この場合、作品の切実性が、したがって作品の動機の真実性が、僕達の胸を打つ効果の度合を決定する。エリオットは『ハムレット』を失敗作だと言う。しかし僕達はハムレットの精神の高貴を信じている――僕の疑うのは、同じ主題が展開せられている『マクベス』における主人公の心事である。ハムレットは死を前にして、三たび親友ホレイショーに、己《おの》が心事を解せざる世間に事の始終を伝えてくれと頼む。

もうだめだ、ホレイショー。かわいそうな母上、さようなら！　どうした、みんな、顔色を変えて震えているではないか、黙劇の役者よろしく。それともこの大芝居の幕切を見物しようとでもいうのか。ああ、もう間にあわぬ。死の使いが情

け容赦もなくおれをせきたてる。話しておきたいこともあるのだが――どうとも
なれ。ホレイショー、もうだめだ。せめて、お前だけでも、生きて、伝えてくれ、
事の次第を、なにも知らぬ人たちにも、納得のいくように、ありのまま。(『ハム
レット』第五幕第二場)
頼む、ホレイショー、このままでは、のちにどのような汚名が、残ろうもはかり
がたい！　ハムレットのことを思うてくれるなら、ホレイショー、しばし平和の
眠りから遠ざかり、生きながらえて、この世の苦しみにも堪え、せめてこのハム
レットの物語を……(同上)
おお、ホレイショー、これでお別れだ。激しい毒が五体の隅々《すみずみ》まで、もう頭もし
びれて。イギリスよりの使いを待つ間も保《も》たぬ命。そうだ、一言、さきのことを。
国王にはフォーティンブラスが選ばれよう、そうするように。それが、死にのぞ
んでの、ハムレットの遺志だ。フォーティンブラスにも、そう伝えてくれ。始終
の仔細《しさい》もな――もう、何も言わぬ。(同上)
ハムレットはなぜこのようにくどく「始終の仔細」を気にかけたか、死んでゆく彼
にとって、それ以外に何も念頭に無いかのように見える。父の復讐《ふくしゅう》の巧みに成らなか
ったのを後悔するのでも、また母までも殺してしまった事を悲しむのでもないらしい。

彼はただ自分の心中が闇《やみ》に葬《ほうむ》られるのを悩んでいるだけだ。あれほど深く、あれほど無限にみずから感じていた個性と、その純粋なる夢とが、これほどあっけなく、これほど小さな世界に解消せしめられてゆく事——その感慨がハムレットをして「もう、何も言わぬ」と言わしめたのにほかならない。ホレイショーに託された事は何か——それは現実の行為につまずいて、そのかげに後世永遠に見失われようとしているハムレットの宿命を物語り、証《あか》しする事である。

ここまではシェイクスピアのうちに一点の光明を信頼しうる。たとえハムレットは傷つきながらも、その汚名のかなたに、自己の個性の真実性を信じ、彼自身のものとして宿命の存在を実感していた。それゆえに「せめて、お前だけでも、生きて、伝えてくれ、事の次第を、なにも知らぬ人たちにも、納得のいくように、ありのまま」と言いえたのである。またオセローもイアーゴーの操る運命の罠に陥りつつも、奮然、彼を突き刺して「義のための人殺し」と傲語《ごうご》し、「私の行いにはいささかの私怨《しえん》も含まれてはおりませぬ、すべては義によって行なったもの」とみずから信じて疑わなかった。苛酷《かこく》にして不合理きわまる運命に対するリアの憤激に至っては、作者自身なんら十分な根拠も条理も与えておらず、ただ主観的な憎悪《ぞうお》と憤激とに終始せしめているにもかかわらず、その怒りのみが作中最も美しい詩となり、しかも読む者をしてリアの憤《いきどお》りのひたすら真実なる事をしか感ぜしめぬ。殊《こと》にその結末においては、澄んだ心のみがもちうる清浄な静けささえ印象づけている。

が、ひとりマクベスのみは、彼等《かれら》のもっている高貴な精神に欠けている——これは一体どうした訳か。『マクベス』を良心の悲劇と呼ぶことは出来ない。マクベスは劇中いかなるところでも自分の悪行《あくぎょう》を真には悔いていない——恐れてはいても良心に照して悔いる事をしない。彼はむしろ事の成らざるを恐れ、すべてが自分の意思に逆らうのに苛立《いらだ》っているだけだ。恐れ、苛立つがゆえに、またマクベスは悪魔の偉大をも具《そな》えてはいない。彼は無自覚に運命に翻弄《ほんろう》されるのではないと同時に、運命を支配しうるのでもない——ブラッドレー教授よ——僕はあなたが近附《ちかづ》いた地点にいま迫りつつあるのだ。僕は『マクベス』から近代理智《りち》の一つの様相を描き出そうとしているのである——その衰退の一様相を。

『ハムレット』はもちろん、『オセロー』『リア王』においても、あの恐るべき悲劇の原因は主人公自身の性格のうちに内在的に見出《みい》だしうるものである。ただハムレットのみがその事を明瞭《めいりょう》に意識していた。いわば、彼のみがはっきりと自己の宿命を見究めていたというだけの事である。が、その理由によって、『ハムレット』は他の三つの悲劇の頂点にあると言えると同時に、『マクベス』と最も近き地点に立っているのである。なぜなら、この力なき王位簒奪者《さんだつしゃ》もまた自己の宿命という事に明確な意識を働かせていたからにほかならない。にもかかわらず、マクベスはついにハムレットではなかった。なぜか――

血をもって贖《あがな》った王の称号には、高貴な王子の血脈はかよっていない。所詮《しょせん》、マクベスはハムレットのごとき宿命的な個性をもってはいないのだ。『マクベス』が性格劇になりえなかったゆえんがそこにある。そこには事件はある、プロットは確かに存在する。のみならず詩もあり情緒もある。そして心理も――いや、心理というよりは観念がある。にもかかわらず、マクベスは自己のうちに高く掲げるべき個性の真実性をもっていないのである。ハムレットが、結局はその命に随《したが》わねばならないながらも、あれほど恐れ避けようと試みていた宿命のつたなき実現を、マクベスは逆に軽率に追い廻《まわ》している。ハムレットが恐れたのは、自分の本来の宿命が小さな現実の形のうちに押しこまれてしまうことであった。が、マクベスの欲《ほっ》し求めていた事は、ややもすればその影を見失いがちな宿命が、そうであればこそ何とかして自分の納得のゆくように、明確な現実的な形をとって現われる事である。ハムレットは愛情と信頼との純粋を願ったので、王冠がほしかったのではない。しかしマクベスは何よりも王冠と笏《しゃく》とを手に入れたがった。理由は簡単だ――前者は生れながらの王者であり、王冠の所有者であったが、後者は暴力と好運とによってしかそれを自分のものになしえないのだ。

マクベスは確かな個性が忌《い》み嫌《きら》った行為の束縛のうちに、狂気のごとく己れを駆りやる。というのは、彼のような男は、自己の歴史を自己のうちに内在する力によって書く事が出来ぬために、絶えず心の空虚を感じて、その空《むな》しさを満たすものとして外部的な行為の連続でしかない運命を頼り、事件の連なりをもって歴史の頁《ページ》を埋めようと試みるのである。もちろん、この場合にもマクベス自身は、それを己《おの》が宿命の真の所在と思いこんでいる。で、彼はこう口走る――

その手は食わぬぞ、運命め、さあ、姿を現わせ、おれと勝負しろ、最後の決着をつけてやる！（第三幕第一場）

混乱に陥ったマクベスは個性の発現としての宿命と、外部的な事件の連続としての運命とを、ともすれば取違える。彼は何か外部的な形をとらなければ自己の真実を信じえず、かといって静止における自己の空虚に堪ええず、自己を証しするものをどうでもこうでも外形化しようと焦《あせ》るのである。ゆえにハムレットの場合とは正反対に、これこそ自己の宿命の命ずるところと早飲みこみに勢いこんで突き出した刃《やいば》は、ただ運命の「両義語」を掘り出すのみで、覘《ねら》った宿命はどこへか姿を隠し、マクベスはなおも落着かず、自分を探し求めて果しない行為の連続へと駆り立てられて行くのだ。ハムレットを限定し、狭小な世界に閉じこめようとしながらも、その個性を証拠だてた行為は、逆にマクベスを解体してしまったと言いえよう。彼は行為の一つ一つに己れを失い、その生涯《しょうがい》の記録は自己の宿命の血液をもってではなく、ただ偶然に満ちた事件の羅列《られつ》をもって埋められて行く。マクベスの一生は自己の宿命と闘うのではなく、ただ運命と駆引する事で過されるのだ。作品について見よう――

　魔女の預言にバンクォーもまた心を掻《か》き乱されなかった訳ではない。しかし王冠を戴《いただ》き、笏を握ることを約束されたのは彼の子孫であって、彼自身ではない。彼は事も無げに預言を卻《しりぞ》け、頭を擡《もた》げかかった野心を押し潰《つぶ》してしまう。が、これはマクベスの最も恐れるところであった。

　このおれは、頭上には実らぬ王冠、手には不毛の笏、つまりは赤の他人にもぎとられ、一代かぎりで終らせようという魂胆か。（第三幕第一場）

　マクベスの約束されたものは、つまり「実らぬ王冠」であり、「不毛の笏」なのである。即《すなわ》ち、彼において欠けているもの、それは王者の血統そのものにほかならない。この言葉の直《す》ぐ前に、マクベスはバンクォーを「生れながらの気品」の持主と言っているが、これこそ彼の生涯をかけてほしいと思ったものであり、また彼の一生の宿敵だったとも言えよう。自分には許されていないもの、血統のみが保証してくれるこの「生れながらの気品」を羨《うらや》み切望すればこそ、彼はかの王者の典型とも言うべきダンカンを殺したのではなかったか。それは憧憬《どうけい》と劣等感とから生れた復讐だとも言える。第四幕第三場に「王の病い」の話が出て来る。ここは後から挿入《そうにゅう》せられた疑いもあり、かつ英国王に対する作者の挨拶《あいさつ》と解せられぬ事もないが、その前の王者たる資格を述べる対話を受けて一種の比喩《ひゆ》とも考えられるであろう。そこにはこうある、「わけのわからぬ病いに悩むともがらを、それも体中はれあがり、うみただれ、医者も匙《さじ》を投げた、二目と見られぬ重病人をだ、王はただその首に金貨をひとつのせてやり、心をこめて祈られる、それだけで治るのだ」。――マクベスこそはこの「わけのわからぬ病いに悩むともがら」の一人ではなかったか。

繰返して言うが、『マクベス』一巻は血統の純粋と精神の高貴とへの憧憬と復讐の物語である。冒頭に戻《もど》ろう――第一幕第三場において、運命はあたかもマクベスの身方のごとき様子を装い、彼をして自分が王者としての血統的な宿命を与えられていると思いこませるように現われて来る。マクベスはいつの間にかこの外部的な運命の進行に頼りはじめる。「いちばん大きいのが残っている」という王位簒奪の野心をもちはじめるのだ。が、それは野心と言うべく、あまりに力弱く、独立性を欠いている。ルビコン河を渡るには運命の力に頼るよりは、自己のうちにそれだけの力をもたねばならぬのだ。シーザーの覇業《はぎょう》はシーザーの血と力とが遂行しえたものであって、運命とはこの場合単なる素材に過ぎない。しかるにマクベスは王者たるの力なくして、自分が欠いているすべてのものを運命の力に借りようとしている。

　運で王になれるものなら、手をくださなくても、向うから舞いこまぬでもあるまい。（第一幕第三場）

　こういう彼にもし勇気というものがあるならば――いや、それは勇気とは呼びえない――ブラッドレー教授よ、あなたは実に適切な言葉を見附けたではないか。「あたかも戦慄《せんりつ》すべき義務であるかのように」と。まさしくそれは「義務」である。その「義務」が、どんな恐ろしい事も、どんな苦しい事も、やがては過ぎ去って行くという一種の諦《あきら》めを彼に教える。それは性格的な力の盛り上がりとしての勇気では決してない。どんな凡人でも、もう手の下しようもないと観念した敗北感の苦痛から、甚《はなは》だ事も無げにこの諦念《ていねん》的な義務を身に附けるものなのだ。マクベスは絶望的に――既に罪を犯す前に早くも絶望的に、次のような言葉を口走っている――

　どうともなれ、どんな大あらしの日でも、時間はたつ。（第一幕第三場）

義務とは運命のいたずらな暗示から受けた自己催眠だ。ブラッドレー教授よ、ここでもあなたは巧みに言っている――マクベスは「自己を了解していない」と。確かにそうだ。彼は身の程知らずに、自己の能力にあまった大仕事に直面して、何とかしてその気になるように自己催眠をかけ一所懸命に無力な自分を大逆罪に駆りやろうとしている。

やってしまって、それで事が済むものなら、早くやってしまったほうがよい。暗殺の一網で万事が片附き、引きあげた手もとに大きな宝が残るなら、この一撃がすべてで、それだけで終りになるものなら……あの世のことは頼まぬ、ただ時の浅瀬のこちら側で、それですべてが済むものなら、先ゆきのことなど、誰が構っておられるものか。（第一幕第七場）

力の弱い者は、一つの悪事を行うのにも、これこそは自分の逃れられぬ宿命であり、絶対不可避のものだという自己催眠を掛けなければ、容易に事を運びえぬのである。したがって、絶えず自己の行為を正当化するために、自分こそは自己本来の歴史を歩んでいるのだという事を己れ自身に納得させようとして、宿命の片影を探し求め、これこそは自分の宿命だった、必然だったと信じて、始めて心の落着きが得られるのだ。見たまえ、マクベスは常に運命に問いを掛け、運命を試しているではないか。彼にしてみれば、たとえそれがいかなる悪事であってもよいから、自分の宿命を見出だし、そこに安住したいのである。彼は王者の血統を自分のうちに見出だしたいのである。

夜が明けたら、そうだ、すぐにも、例の女たちのところへ行ってくる、いろいろ聞きだしてやるのだ、今となっては、どうしても知りたい、どんな忌《いま》わしい手を使おうと、どんな忌わしい未来であろうと。（第三幕第四場）

道徳的な罪ばかりではない、自分にとっての最悪な不幸ですら、それが己れの宿命を形造るものでありさえすれば、それを身に附けようというのだ。が、運命はマクベスの期待を最後まで繋《つな》ぎ留めておきながら、最後の瞬間に彼を裏切る――なぜなら、宿命が常にマクベスの手から漏れて消え去る事、そこに彼の宿命があったからだ。ブラッドレー教授よ、マクベスは預言に対して「自由」だったと、そうあなたが言うのは、一体いかなる意味からであろうか。確かに彼は自由だ――彼は羂《わな》に掛けられる「自由」をもっていた。ここに『ハムレット』における超自然と『マクベス』におけるそれとの相違が考えられなければなるまい。『ハムレット』において、それは「父王の霊」であるが、『マクベス』のそれは「地獄の手先ども」であり、前者は王者の血統という必然そのものの象徴であるのに反して、後者の魔女は卑《いや》しい偶然の「地の泡《あわ》」に過ぎぬ。劇の進行と共に、それが正体を現わして来る。それはマクベスの金箔《きんぱく》が剝《は》げ落ちることを意味する。自分に何の資格も力も無くして高貴な血統を絶った苦悩は、早くも兇行《きょうこう》の直後、門を叩《たた》く訪れの音を聞くや「ああ、その音でダンカンをたたき起してくれ！　頼む、そうしてくれ、出来るものなら！」という弱音《よわね》となって表われる。

マクベスは自己の苦悩の傷手《いたで》に始めて、それでは王位簒奪は自分の柄《がら》ではなかったのか、自分の宿命ではなかったのかと、自己の行為に疑いを掛け始める。それでもなお幾たびかその疑いを逃れようとして運命を呼び出だし、運命を試みる。最後に敵軍に囲まれながら、バーナムの森が動き出すまでは敗北しないという預言も、実は森の枝葉を偽装して攻め寄せる敵の作戦によって破られ、女の生み落した人間には殺されぬという魔女の言葉も、一騎打の相手が母親の腹を裂いて取出された男であるという事実によって見事に裏切られる——ブラッドレー教授よ、あなたはこの反語の重要性に気附いていた。が、それこそこの『マクベス』劇の主題だったのだ。重要どころではない、正にそのための作品なのである。運命は「両義語」でマクベスを操って来て、最後の瞬間に彼を放り出す。そうなれば——一人になったマクベスは一介の力なき凡人に過ぎない。バーナムの森が動き出したという報告を受けとったマクベスはこう言う——

ぐらつきだしたぞ、おれの決心も。あの鬼婆《おにばばあ》め、どうにでも言抜け出来るように、真実めかして、嘘《うそ》を言ったのではないか……（第五幕第五場）

またマクダフが母親の腹を裂いて取出された男と知ったとき、マクベスは愕然《がくぜん》として叫ぶ――

畜生、憎いその舌の根、その一言で勇気もくじけた！　あのいかさまの鬼婆め、もう信用しないぞ、このおれをことごとに二重の羂に引掛け、約束は言葉どおりに守りながら、最後には、まんまと裏をかく。（第五幕第八場）

が、彼は二たび気を取直す。しかし、またしても「運試し」だ――彼は「たとえバーナムの森がダンシネインの城に迫ろうと、女から生れぬ貴様を相手にしようと、さあ、これが最後の運試しだ」（同上）と叫ぶ。それでもとにかくここで始めてマクベスは身一つになるのだ。彼は地位も力も運命も、その他すべての己れを守るものを放棄する、「このとおり頼みの楯《たて》も投げすてる」（同上）と。さらに続けて彼はこう言う――

打ってこい、マクダフ、途中で「待て」と弱音を吐いたら地獄落ちだぞ。（同上）

ブラッドレー教授よ、あなたのすぐれた洞察力《どうさつりょく》は、この場合にも恐らくこのせりふのもつ意味の重さを十分に感じ取っていたに相違ない。なぜなら、あなたは「地獄へ下る道すがらに、何と恐ろしくはっきりした自己意識であろう。しかも彼を駆り立てる生命と自己主張との本能は何という恐ろしい強さであろう」と言っている。それならば、なぜあなたはこのマクベスの最後の言葉を引用しなかったのか——僕はあなたの「名誉」のために実に残念に思う。負けると解《わか》っている戦い、自分の死への苦悶《くもん》と醜態とをすら、あくまでもプログラムどおりに演出せしめようという自己意識と自己主張と——まことに凄《すさ》まじいものがあるではないか。これをハムレットの最後の言葉「もう何も言わぬ」と較《くら》べてみるがよい。

『マクベス』をこのように見て来た後で、僕達はその作者についてこういうことが言える——エリオットがボードレールについて語った言葉をもじって言えば、シェイクスピアはその豊富な想像力のゆえにルネサンスの子であった、と同時に早くもルネサンスに反逆している。自我解放の喜びに彼程酔い痴《し》れた詩人も無かったが、しかも解放されて仕えるべき何物をも持たぬ自我の不安は『マクベス』を通して彼のうちに忍びこんでいるのだ。稀《まれ》に見る天才のうちにも、絶えず昇騰《しょうとう》してやまぬ想像力の自由な羽ばたきのかげに、何か黒い空洞があって、恐らく時折はそこを冷たい風がさっと通りぬけるのが感ぜられたに相違ない。今や彼は何人《なんぴと》に向っても「デンマークのハムレットだ」（『ハムレット』第五幕第一場）と誇らしく叫ぶことは出来なくなっていたのではないか。解放さるべき個性の実体とは何か。王冠や笏《しゃく》を取去ってみれば、果して人は何者であるか。ハムレットにしても、もしデンマークの王子でなければ、野心家マクベスたらざるを得ないではないか。

が、そのマクベスにも――あらゆる行為のうちについに自己本来の姿を見出《みい》だす事の出来なかったマクベスにも――ただ一度、素直に己れの宿命のうちにいる瞬間が訪れる。自分の野心の支柱とも言うべき妻の死を知らされた時がそれだ。

あれも、いつかは死なねばならなかったのだ、一度は来ると思っていた、そういう知らせを聞くときが。（第五幕第五場）

この時、マクベスは始めて孤独を予感する。個人の権威とは、その生涯の業績とは、所詮《しょせん》、影のごとく幻のごとく、頼りなくはかないものでしかない。続けて彼は言う――

あすが来、あすが去り、そしてまたあすが、こうして一日一日と小きざみに、時の階《きざはし》を滑り落ちて行く、この世の終りに辿《たど》り着くまで。いつも、きのうという日が、愚か者の塵《ちり》にまみれて死ぬ道筋を照らしてきたのだ。消えろ、消えろ、つかの間の燈《とも》し火《び》！　人の生涯は動きまわる影にすぎぬ。あわれな役者だ、ほんの自分の出場《でば》のときだけ、舞台の上で、みえを切ったり、喚《わめ》いたり、そしてとどのつまりは消えてなくなる。白痴のおしゃべり同然、がやがやわやわや、すさまじいばかり、何の取りとめもありはせぬ。（同上）

ワイルドではないが、この世ではギルデンスターンがハムレット役を振当てられ、ハムレットがギルデンスターンの代役を勤めさせられる。近代の目標とした個性の尊厳という事が凡人に教えた夢の内容とは、そんな事だったのか。そして彼等の最後に辿りつく慰藉《いしゃ》と休息とは、「人の生涯は動きまわる影にすぎぬ」という諦め以外に何も無いのであろうか。シェイクスピアが『マクベス』を書いた時から三百年後の我々現代人にとっても、いまだ解答は保留されたままなのであろうか。

が、ルネサンスに反逆したシェイクスピアも、またルネサンスの子として、見事にみずから予感した危機を乗超えている。ブラッドレー教授よ、あなたが『シェイクスピアの悲劇』において一貫して彼の創造の秘密であると考えていた想像力こそ、確かにそれを可能ならしめたものにほかならない。そしてこの想像力こそ——イメージを眼前にはっきりと見る能力こそ、今日の僕達に僕達の詩人や小説家に、何よりも欠けているものなのである。ハムレットの不安が想像力の過剰に起因しているとすれば、マクベスのそれはむしろ観念と意識との過剰にすぎぬ。前者の不安はまた同時に想像力によって救われる。が、後者の不安を救いとるものは何も無い。『ハムレット』はいかに危機を内に蔵していようとも断じて「失敗作」ではない。が、『マクベス』は明らかに「失敗作」だ。なぜなら、マクベスこそは想像力の源泉そのものを涸《か》らす自意識であるからにほかならぬ。

お身の上が。それを御存じない。御血統の泉が、源が、涸れ果ててしまったのです――流れのもとが止ってしまったのだ。（第二幕第三場）

これはダンカンを殺した後で、マクベスがその息子達にまことしやかに告げる言葉だが、実は他の誰よりも彼自身の源泉を彼自身の手で断ったのであり、その意味において、それは他の誰よりも彼自身を悼《いた》む言葉になっている。反語とは正にこの事だ。が、シェイクスピア自身、果してそれを意識していたかどうか――自分に権威を許す血統をみずからの手で断ったマクベスの不安は、また同時に作者の想像力に対して悪意に満ちた猜疑心《さいぎしん》を育《はぐく》んでいたことを。

＊

以上で私の『マクベス』論は終る。要するに、「マクベス」劇の主題は不安にある。その点、シェイクスピア作品中、もっとも近代的要素をもっていると言えよう。魔女の出現や王位簒奪《さんだつ》は現在の私達の共感を呼ばないにしても、現実や他人に対する徹底的な不信の念、自分の地位を揺がすものが周囲に忍び寄って来るという不安、その地位を守ろうとしながら、ますます破局に陥って行くのみならず、むしろ不安に堪えて、来たるべき破局を待つ事の恐ろしさから、進んで破局に突入しようとする自己破壊的な意思、これらはあくまで現代的なものである。マクベスのせりふの一つ一つが、自己破壊への隠れた意思を示している。彼は破滅によってしか安心できない人間なのである。なぜなら、他人に対する彼の不信感の根柢《こんてい》には徹底的な自己不信があるからだ。そういう男を表現する事によって、そこから脱出しえたシェイクスピアの他の作品に、二たび私達は目を向けるべきであろう。

（昭和三十六年十一月）

解説

中村保男

福田氏の『マクベス』論は『ハムレット』との比較から始まっている。一部重複することを承知で、私の解説もそこから始めなければならない。

『ハムレット』も『マクベス』も、主人公の行為のきっかけが超自然の力（亡霊と魔女）との出遭いにあることで共通している。が、両劇、特にその主人公の性格とありかたは著しく対照的である。ここでも、シェイクスピアが両者の対比をはっきり意識して書いたかどうかは疑問だが、結果としては、両者の対比がくっきりと現われている。シェイクスピアはハムレットを描《えが》いたあとで、まったく性格の違う主人公を『マクベス』で描いたのであり、これほど違う対象を見事に描き分けたことにおいて、シェイクスピアは人物を創造する作家としての天才を如実《にょじつ》に示している。

ハムレットとマクベスの違いの最たるものは、何と言っても、前者が叔父によって間接的に王位を簒奪《さんだつ》された正統の王子であるのにたいし、後者はみずから手を血に染めて正統の王を暗殺する簒奪者であるということだろう。ハムレットは犯罪が行われた者であり、マクベスは犯罪を行う者なのだ（『ハムレット』も『マクベス』も、広い意味の推理小説、犯罪小説なのである。エリザベス時代には、小説というものはまだ萌芽《ほうが》としてしか存在せず、人は、現代の推理小説に相当するものをも芝居として舞台の上に眺《なが》めていたのである）。

ハムレットとマクベスの違いの第二は、前者が劇の世界の中心にあり、彼をめぐって多くの同心円が描かれているのにたいし、マクベスは彼自身の世界を形づくっているにすぎないことにある。マクベスは主人公であるが、ハムレットのような意味での中心人物ではない。ハムレットの世界は常に外に向って開かれているが、マクベスのそれはあくまでも自己閉鎖的なのだ。このマクベスの限定された個人的な世界には、マルコムらの公的な秩序の世界がまっこうから対立しているのである。

初め、マクベスは「運命などには目もくれず」獅子《しし》奮迅《ふんじん》に武勇を揮《ふる》う忠実な猛将だったのであるが、ひとたび魔女の預言に誘惑されると、文字どおり魔がさし、望外の野心が頭をもたげる。ここにマクベスの堕落が起ったのである。しかし、マクベスのうちには、初めから運命の魔手の忍びこむ隙《すき》があったのだ。そうでなければ、魔女のあいまいな預言を真《ま》に受けたりしなかったはずである。初めて魔女と出会ったとき、バンクォーは魔女の預言を一応すなおに受けとる。ところがマクベスは「いずれは王ともなられるお方」と言われて、一瞬ぎくりとし、魔女の言葉のあいまいさをなじる。マクベスの心中には「王になりたい」野心が隠されていて、その恥部を指摘されて彼はうろたえたのであり、同時にその野心が魔女の預言をもっとはっきり自分のものにしておこうとさせたのである。ここにすでに、自己の内なるものよりも外的な運命の力に頼ろうとするマクベスの心性が端的に示されている。ダンカン殺しそのものも、妻の励ましがなければ決行できないマクベスなのである。以上のことから、魔女はマクベス自身の内面が外界に投影された象徴であると見ることもできる。

とにかく、マクベスは魔女の預言に代表される運命を信じ（それも文字どおりに信じていたのではない――あくまでもその運命が自分の身に有利なものであるとして自己中心的に解釈していたにすぎない）、やがて自分の不死身を信じて次第に大胆に犯行を積みかさね、バーナムの森が動き、「女から生れた人間ではない」マクダフと対戦するに及んで、魔女の預言がすべて二枚舌の罠《わな》だったことを悟り、運命信仰を奪われ、頼む妻にも死なれて、完全に一人きりとなり、世界の中の孤立者として地獄に落ちる。

マクベスはこうしてマイナスの方向に自己を「深化」し、その本性を「実現」したわけであり、一方ハムレットは「to be or not to be」(生か死か)と逡巡《しゅんじゅん》する懐疑家から、「let be」(所詮《しょせん》、あなたまかせさ)と諦念《ていねん》する現実家へと脱皮したことにおいて、やはり一種「教養小説」的な発展を遂げているわけだが、両者が共に完全な孤独の中で息たえる点は共通していても、ハムレットの孤独が、福田氏も指摘しているとおり、内に恃《たの》むものをもっている人間の精神の孤独であるのにたいし、マクベスのそれは、ただ物理的、心理的に孤立しているというだけのことにすぎない。マクベスが劇中ただ一回、我に返って吐くせりふ「一度は来ると思っていた、そういう知らせを聞くときが。あすが来、あすが去り……」も、実存主義的な悟りであり、マクベスなりの透徹した世界観ではあるが、それは「抽象された実存」とも言うべき、矛盾した、観念的な色彩を帯びているように思われる。それにひきかえ、ハムレットの「一羽の雀《すずめ》が落ちるのも神の摂理……」という、マクベスの不条理論とはまさに正反対の摂理論は、強くハムレットの体験や精神と結びついた切実な信仰告白のように私には思われる。

さらに、ハムレットは孤独のうちに息たえながらも、その死は積極的にデンマーク国の世界秩序の回復につながっていた。腐敗したクローディアス体制の中で殆《ほと》んど孤立しながらも、常に現実の桎梏《しっこく》の中に身を置いて生きてきたハムレットは、みずからを殺してデンマーク国の健康な秩序を回復し、そうすることで全体との全《まった》きつながりをかちとったのである。それにたいし、全体からはみ出た局外者、異常な犯罪者として自分だけの世界に生きてきたマクベスは、結局、物理的な一個の存在として全体から完全に抹殺《まっさつ》されるだけであり、そうされることによってしか彼は全体の秩序回復に資することができないのである。

ハムレットの世界が全体に向って開かれているということは、ハムレットがリアルに生活を生きているということであり、これはハムレットの生きかたが概して「道草」の多い悠長《ゆうちょう》なものであることともつながっている。ハムレットは多元的、現実的な時間を生きているのだ。それにたいし、マクベスはいわば「ファンタスティック」な生活を送っている。自分の野心、自分の恐怖が生みだす内面のどす黒い世界の中でマクベスは夢のように生きているのだ（この「幻想的」世界をまことにリアルなものとして舞台上に形象化したシェイクスピアはなんという想像力の持主であったことか。また、『ハムレット』を暗闇《くらやみ》の中の番兵交替というリアルな場面で開幕させ、『マクベス』を魔女の乱舞から書きはじめたシェイクスピアは、劇の冒頭においてその内容を象徴する手腕になんと恵まれていたことか）。

ハムレットが常に現在を精いっぱいに生き、いたずらに宿命の成就《じょうじゅ》のみに心を奪われていなかったのにたいし、マクベスは自分の運命を追いまわし、常に時間というものを気にし、その先まわりをしようとしている。この態度を示すマクベスのせりふは、「どんな大あらしの日でも、時間はたつ」など作中の随所に散見されるが、これはマクベス夫人にも反映している。「お手紙を読んでからというもの、何も知らぬ現在を跳び越え、身も心も未来のただなかに漂う思いが」何も知らぬ現在——これをマクベス夫人は何の気なしにふと口にしたのであろうが、この言葉ははからずも——ドラマティック・アイロニーとして——マクベス夫妻の生きかたを要約している。リアリティーから離れて上《うわ》すべりに生きてきたマクベスの目に、世界が「白痴のおしゃべり」のように無意味なものとしか映じなかったのは当然なのである。

ハムレットの個性、その演技精神は、たえず外的な事件の間隙《かんげき》を縫って奔出し、躍動しているのに、マクベスの閉鎖的な心性は常に自分というものから離れられず、それでいて——いや、それなればこそ——本当の自分というものを見つめることができないのだ。

ここでファーガソン教授が『マクベス』のアクション（劇の基本的、統一的な「動因」）について述べていることがすこぶる参考になる。教授は、マクベスの悪《あ》しき動機——すなわち彼のアクション——は、彼が王殺害の直後に身の潔白を装いながら語る次のせりふの中に暴露されていると言う。「王にたいする敬愛の念、その逸《はや》る心が、留め役の理性を乗越えてしまったのだ」この「留め役の理性を乗越える」というのが『マクベス』劇全体のアクションにもなっていると教授は説く。「理性を追いぬくことは不可能な曲芸であり、それは自然そのものを犯し、常識と習慣の手引きを失い、一方では地獄の不条理な暗黒に、他方では信仰の超自然的な恩寵《おんちょう》にかこまれた霊の世界へと入ってゆくことなのだ」この、理性を追いぬく「競走」のパラドキシカルな性格は、「戦いが敗《ま》けて勝って」や「きれいは穢《きた》ない、穢ないはきれい」というような魔女の言葉をはじめ、劇前半の多くのせりふに暗示されており、マルコムやマクダフでさえ、マクベスを滅ぼすときに理性を越えた信仰に頼らざるをえないのだ、と教授は述べている。

マクベス自身について言えば、王を弑逆《しいぎゃく》する直前の場面で、彼は自分が不条理な「曲芸」を行なっていることをうすうす承知していて、「それ（王の徳など）に逆らってまで、意中の馬にあてる拍車は一つもない、ただ野心だけが跳びはねたがる、跳びのったはよいが、鞍《くら》ごしに向う側に落ちるのが関の山か」と独白している。理性との駈《か》けくらべにマクベスの野心はうつつをぬかし、結局は、彼自身が何気なく言ったとおり、勢いあまって落馬してしまうのだ。理性を、そしてそれが課する常識や慣習を越えようとしたマクベスは、ついには、理性を越えた超自然の力に滅ぼされるのだ。

マクベスは自己の限界ということをわきまえず、精神的に酩酊《めいてい》していたのであり、地獄が魔女の二枚舌的な預言を通じて彼を誘惑することに成功したのは、そういう彼の心の隙に乗じたからなのである。

シェイクスピア劇に限らず、文学作品に教訓を読みとることは当節まったくはやらないが、私は、ジョンソン博士の昔に還《かえ》って文学に教訓を読みとる批評態度が少しは復活してもいいと思っている。そこで、『マクベス』の教訓だが——。世の中には、黒とも白とも、善とも悪ともつかぬ事柄《ことがら》が多いし、いずれか一方に割り切ることは現実的でない場合がままあるが、肝心な事柄については、黒か白か、善か悪か、はっきり決着をつけるべきである。さもないと、あとがこわいぞ——とそう『マクベス』は教えているように思われる。「このえたいの知れぬいざないの声、善とも悪とも言えぬ」とマクベスは魔女の第一の預言が適中したときに語る。このときもし彼がこれを悪だと断定していたら……(そして、「いずれは王ともなられるお方」と魔女に言われたとき、殆んどすぐに王を殺すことを考えるかわりに、自然の成行きで自分が王になるのを待とうと考えていたならば……)むろん、それではこの運命悲劇は成立しないのだが、それでも、道徳的・教訓的には、このように考えざるをえないのだ。

『マクベス』には衣裳《いしょう》に関する比喩《ひゆ》が何回か出てくる。「新しく与えられた栄誉は、着なれぬ衣同様、しばらくは身につかぬものだ」とか、「せっかく手に入れた新しい金襴《きんらん》の美服、むざと脱ぎすてるにはおよぶまい」などである。この比喩を用いて言えば、要するに『マクベス』は、血統においても人徳においても王者の資格をもたぬにせ者が王の仮着を身につけて暴れまわったあげく、再び裸一貫となって終るという悲劇なのだ。「巨人の衣裳を盗んで着用におよんだ小人のみじめさ、今となってはひとごとではあるまい」ここに、もう一つの教訓がある。これも私には痛切にこたえる教訓である。

エリオットは『ハムレット』を、「芸術的失敗作」と断定した。ところが、以上述べてきたような『マクベス』については、それを「芸術的成功作」と見なす評者が多い。後者は、『ハムレット』にくらべると、構成や筋、人物性格やイメージが一つのアクション表出に向って緊密に統合されていて、その統一ぶりが完璧《かんぺき》の域に近づいているのが、「成功作」と言われる理由である。だが、どうしてシェイクスピアは『ハムレット』ではあんなに「ずさん」で、『マクベス』ではこれほどの緊密感を生みだしたのだろうか。思うに、彼は『ハムレット』では、その自由闊達《かったつ》な主人公と共に悠々と遊んでいたのであり、一方『マクベス』では、その自閉的で硬直した主人公と共に極度に緊張し、異常な自己集中のうちにこの劇を一気に、緊密・簡潔に書きあげたのではあるまいか。シェイクスピアは、何よりも、主人公の心と一つになる、少なくとも自己の一部を放棄して自由に感情移入を行う（それは、むろん、主人公の生きかたを道徳的に肯定するということではない）ことが十二分にできた点において、ずばぬけた劇作家だったのである。秀《すぐ》れた劇作家は主人公を通じて自己を演技するものなのだ。

終りに、この劇の第二幕第三場における門を叩《たた》く音について、シェイクスピア批評史上もっとも有名なエッセイの一つがド・クインシーによって書かれているので、その要点を紹介しておこう。王を殺したことでマクベス夫妻は悪魔と化し、人間の通常世界が遠のき、舞台には魔の世界が現出している。そこへ突如、悪夢から目ざめよとばかり、強く、門を叩く音が響きわたる。この音と共に「悪魔の世界へ人間の世界が逆流し、生命が再び鼓動を始めるのだ。そして、人間の世界が蘇生《そせい》したということこそ、これまでの中絶期間、恐るべき暗黒の世界をひしひしと痛感させるものなのである」。

むろん、このような解説より、まずは実地に『マクベス』を舞台で見て、この門を叩く音のすばらしい劇的効果、腹にずっしりこたえるようなその重みを、わが耳でたしかめてみることである。戯曲を書斎で読みながら想像力を働かせることは大切だが、それには限界がある。ずっしりと腹の底に響きわたるような重厚なノックの音、それを劇場で現実に聞いたなら、そのとき読者は驚くにちがいない。冷水を浴びて全身がわななくような感覚に襲われるにちがいない。頭と心ばかりか、目と耳で、面前に起っていることを受けとめること、演劇の醍醐味《だいごみ》はまさにそこにある。

（昭和四十四年八月、英文学者）

シェイクスピア
中野好夫訳
ロミオとジュリエット

仇敵同士の家に生れたロミオとジュリエット。その運命的な出会いと、永遠の愛を誓いあったのも束の間に迎えた不幸な結末。恋愛悲劇。

シェイクスピア
福田恆存訳
オセロー

イアーゴーの奸計によって、嫉妬のあまり妻を殺した武将オセローの残酷な宿命を、鋭い警句に富むせりふで描く四大悲劇中の傑作。

シェイクスピア
福田恆存訳
ハムレット

シェイクスピア悲劇の最高傑作。父王の亡霊からその死の真相を聞いたハムレットが、深い懐疑に囚われながら遂に復讐をとげる物語。

シェイクスピア
福田恆存訳
ヴェニスの商人

胸の肉一ポンドを担保に、高利貸しシャイロックから友人のための借金をしたアントニオ。美しい水の都にくりひろげられる名作喜劇。

シェイクスピア
福田恆存訳
リア王

純真な末娘より、二人の姉娘の甘言を信じ、すべての権力と財産を引渡したリア王は、やがて裏切られ嵐の荒野へと放逐される……。

シェイクスピア
福田恆存訳
ジュリアス・シーザー

政治の理想に忠実であろうと、ローマの君主シーザーを刺したブルータス。それを弾劾するアントニーの演説は、ローマを動揺させた。

シェイクスピア
福田恆存訳

夏の夜の夢・あらし

妖精のいたずらに迷わされる恋人たちが月夜の森にくりひろげる幻想喜劇「夏の夜の夢」、調和と和解の世界を描く最後の傑作「あらし」。

シェイクスピア
福田恆存訳

じゃじゃ馬ならし・空騒ぎ

パデュアの街に展開される楽しい恋のかけひき「じゃじゃ馬ならし」。知事の娘の婚礼前夜に起った大騒動「空騒ぎ」。機知舌戦の二喜劇。

シェイクスピア
福田恆存訳

アントニーとクレオパトラ

シーザー亡きあと、ローマ帝国独裁の野望を秘めながら、エジプトの女王クレオパトラと恋におちたアントニー。情熱にみちた悲劇。

シェイクスピア
福田恆存訳

リチャード三世

あらゆる権謀術数を駆使して王位を狙う魔性の君主リチャード――薔薇戦争を背景に偽善と偽悪をこえた近代的悪人像を確立した史劇。

シェイクスピア
福田恆存訳

お気に召すまま

美しいアーデンの森の中で、幾組もの恋人たちが展開するさまざまな恋。牧歌的抒情と巧みな演劇手法がみごとに融和した浪漫喜劇。

阿部知二訳

バイロン詩集

不世出の詩聖と仰がれながら、戦禍のなかで波瀾に満ちた生涯を閉じたバイロン――ロマン主義の絢爛たる世界に君臨した名作を収録。

ゲーテ
高橋義孝訳
若きウェルテルの悩み

ゲーテ自身の絶望的な恋の体験を作品化した書簡体小説。許婚者のいる女性ロッテを恋したウェルテルの苦悩と煩悶を描く古典的名作。

ゲーテ
高橋義孝訳
ファウスト（一・二）

悪魔メフィストーフェレスと魂を賭けた契約をして、充たされた人生を体験しつくそうとするファウスト――文豪が生涯をかけた大作。

高橋健二訳
ゲーテ詩集

人間性への深い信頼に支えられ、世界文学史上に不滅の名をとどめるゲーテの、抒情詩を中心に代表的な作品を年代順に選んだ詩集。

高橋健二編訳
ゲーテ格言集

偉大な文豪であり、人間的な魅力にもあふれるゲーテ。深い知性と愛情に裏付けられた言葉の宝庫から親しみやすい警句、格言を収集。

ニーチェ
竹山道雄訳
ツァラトストラかく語りき（上・下）

ついに神は死んだ――ツァラトストラが超人へと高まりゆく内的過程を追いながら、永劫回帰の思想を語った律動感にあふれる名著。

ニーチェ
西尾幹二訳
この人を見よ

ニーチェ発狂の前年に著わされた破天荒な自伝で、〝この人〟とは彼自身を示す。迫りくる暗い運命を予感しつつ率直に語ったその生涯。

チェーホフ
神西 清訳

桜の園・三人姉妹

急変していく現実を理解できず、華やかな昔の夢に溺れたまま没落していく貴族の哀愁を描いた「桜の園」。名作「三人姉妹」を併録。

チェーホフ
神西 清訳

かもめ・ワーニャ伯父さん

恋と情事で錯綜した人間関係の織りなす日常のなかに、絶望から人を救うものは忍耐であるというテーマを展開させた「かもめ」等2編。

チェーホフ
小笠原豊樹訳

かわいい女・犬を連れた奥さん

男運に恵まれず何度も夫を変えるが、その度に夫の意見に合わせて生活してゆく女を描いた「かわいい女」など晩年の作品7編を収録。

チェーホフ
松下 裕訳

チェーホフ・ユモレスカ
―傑作短編集Ⅰ―

哀愁を湛えた登場人物たちを待ち受ける、あっと驚く結末。ロシア最高の短編作家の、ユーモアあふれるショートショート、新訳65編。

チェーホフ
松下 裕訳

チェーホフ・ユモレスカ
―傑作短編集Ⅱ―

怒り、後悔、逡巡。晴れの日ばかりではない人生の、愛すべき瞬間を写し取った文豪チェーホフ。ユーモア短編、すべて新訳の49編。

ツルゲーネフ
神西 清訳

はつ恋

年上の令嬢ジナイーダに生れて初めての恋をした16歳のウラジミール――深い憂愁を漂わせて語られる、青春時代の甘美な恋の追憶。

ツルゲーネフ
工藤精一郎訳
父と子

古い道徳、習慣、信仰をすべて否定するニヒリストのバザーロフを主人公に、農奴解放で揺れるロシアの新旧思想の衝突を扱った名作。

ジョイス
柳瀬尚紀訳
ダブリナーズ

20世紀を代表する作家がダブリンに住む人々を描いた15編。『フィネガンズ・ウェイク』の訳者による画期的新訳。『ダブリン市民』改題。

H・ジェイムズ
小川高義訳
デイジー・ミラー

わたし、いろんな人とお付き合いしてます――。自由奔放な美女に惹かれる慎み深い青年の恋。ジェイムズ畢生の名作が待望の新訳。

H・ジェイムズ
小川高義訳
ねじの回転

イギリスの片田舎の貴族屋敷に身を寄せる兄妹。二人の家庭教師として雇われた若い女が語る幽霊譚。本当に幽霊は存在したのか？

ワイルド
福田恆存訳
ドリアン・グレイの肖像

快楽主義者ヘンリー卿の感化で背徳の生活にふける美青年ドリアン。彼の重ねる罪悪はすべて肖像に現われ次第に醜く変っていく……。

ワイルド
西村孝次訳
サロメ・ウィンダミア卿夫人の扇

月の妖しく美しい夜、ユダヤ王ヘロデの王宮に死を賭したサロメの乱舞――怪奇と幻想の「サロメ」等、著者の才能が発揮された戯曲集。

Title : MACBETH
Author : William Shakespeare

マクベス

新潮文庫　シ－1－7

昭和四十四年八月三十日　発行
平成二十二年八月三十日　八十三刷改版
令和五年五月二十五日　九十八刷

訳者　福《ふく》田《だ》恆《つね》存《あり》

発行者　佐藤隆信
発行所　株式会社　新潮社
郵便番号　一六二―八七一一
東京都新宿区矢来町七一
電話　編集部(〇三)三二六六―五四四〇
読者係(〇三)三二六六―五一一一
https://www.shinchosha.co.jp

価格はカバーに表示してあります。
乱丁・落丁本は、ご面倒ですが小社読者係宛ご送付ください。送料小社負担にてお取替えいたします。

印刷・錦明印刷株式会社　製本・錦明印刷株式会社

ISBN978-4-10-202007-4 C0197

Shinchosha